寻父记

田芳 著

中国文史出版社

图书在版编目（CIP）数据

寻父记 / 田芳著 . -- 北京：中国文史出版社，2022.6
ISBN 978-7-5205-3570-0

Ⅰ . ①寻… Ⅱ . ①田… Ⅲ . ①报告文学－中国－当代 Ⅳ . ① I25

中国版本图书馆 CIP 数据核字 (2022) 第 117015 号

责任编辑：方云虎

出版发行：中国文史出版社
社　　址：北京市海淀区西八里庄路 69 号院　邮编：100142
电　　话：010-81136606　81136602　81136603（发行部）
传　　真：010-81136655
印　　装：廊坊市海涛印刷有限公司
经　　销：全国新华书店
开　　本：16 开
印　　张：13.75
字　　数：158 千字
版　　次：2022 年 10 月北京第 1 版
印　　次：2022 年 10 月第 1 次印刷
定　　价：45.00 元

序　言

青年作者田芳新作《寻父记》，经过3年多的深入调查采访和艰苦写作，于2021年12月初脱稿问世，并送交中国文史出版社准备出版。这是一件可喜可庆的大好事，我表示热烈祝贺。

《寻父记》是一本报告文学作品。该书以抗美援朝70周年和建党100周年为契机，以烈士遗孤田兴华寻找烈士父亲为主要线索而展开。书中主人公是一位出生以来从未见过父亲的烈士遗孤田兴华。他的父亲田全仁，湖南辰溪人，1922年出生。1947年1月，结婚仅4个月的田全仁为躲壮丁逃往江苏，同年2月在徐州参加中国人民解放军，在华东军区25军74师222团1营机枪连任上士，参加过孟良崮、渡江、战上海、解放福州等战役和战斗。抗美援朝爆发后，田全仁入朝参战。1953年7月15日，在停战协议签字前12天，田全仁在金城反击战中光荣牺牲。当时田兴华仅6岁。1960年4月，田兴华的母亲因病欠治离开人世。13岁的小兴华成为无爹无娘的孤儿。庆幸的是，在党和人民政府的抚养下，在众多爱心人士的关心帮助下，被大家称为“公家儿”的田兴华茁壮成长，后来成长为中国人民解放军副团职军官。1986年7月，田兴华转业到湖南省档案局，担任档案时空杂志社社长，直到2008年退休。

田兴华出生后从未见过父亲，父亲也没给他留过一张照片。他也不知道父亲葬在何处。古人云“百善孝为先”，“死者魂安，生者欣慰”。田兴华懂事后，就开始寻找父亲的踪迹。但由于父亲部队多次整编，番号变更，寻找父亲踪迹有如“老虎吃天”无从下手。古稀之年后，田兴华寻父的心情更加迫切。他曾向中央电视台《等着我》栏目组求助，向国家相关机关写信。在国家信访局和民政部门的关心下，他找到一些线索。近些年来，田兴华老人先后花费10多万元，到北京、张家口、承德、南京、福州等10多个城市，行程上万公里，寻访父亲生前的战友。皇天不负有心人，2018年10月28日，田兴华终于在朝鲜上甘岭烈士陵园2号墓区找到了父亲的合葬墓。他在墓区取了一抔泥土带回祖国，并于当年12月23日在家乡辰溪举行了“田全仁烈士魂归故里祭奠会”。

习近平主席说：“一个有希望的民族不能没有英雄，一个有前途的国家不能没有先锋。”（2015年9月2日，在颁发“中国人民抗日战争胜利70周年”纪念章仪式上的讲话）又说：“对中华民族的英雄，要心怀崇敬，浓墨重彩记录英雄、塑造英雄，让英雄在文艺作品中得到传扬，引导人民树立正确的历史观、民族观、国家观、文化观，绝不做亵渎祖先、亵渎经典、亵渎英雄的事情。”（2016年11月30日在中国文联十大、中国作协九大开幕式上的讲话）中国人民志愿军战士田全仁，在抗美援朝战争爆发以后，舍家为国，挺身而出，义无反顾奔赴朝鲜战场，最后把鲜血洒在上甘岭地区，把遗骸留在异国他乡的土地上。《寻父记》一书真实感人地记录和讴歌了田全仁为了国家和人民的利益，为了世界和平，不怕牺牲，勇往直前的抗美援朝精神和高尚的保家卫国的家国情怀，是一本宣传英烈、尊崇英烈的好书。

尊老是中华民族的优良传统。自古以来，中国人就提倡孝老爱亲。田全仁烈士的儿子田兴华继承父业，为父尽孝，坚持不懈，以不达目的决不罢休的毅力，最后在朝鲜上甘岭烈士陵园2号墓区找到了父亲的合葬墓，把父亲的英魂接回家，实现了70年后父母全家团聚。在《寻父记》一书中，作者用浓重的笔墨、细腻的写作技巧，记录和描述了这一曲折的过程和事实，回肠荡气，感人至深。

《寻父记》一书的内容，时间跨度达到70余年，涉及中国10多个省市、朝鲜5个道郡。为了把这本书写好，作者在自我狠下功夫的同时，特别分享了寻父者的劳动成果，收集了上百万字的档案资料和相关书籍以及500余张照片，采访了50多位当事人，做了几十万字的采访笔记。在大量占有第一手材料的基础上，作者去伪存真，探赜索隐，所述符合事实；在构思布局方面，重点突出，层次清楚；在文字表述方面，多用白描手法，朴实无华，通俗易懂；在人物刻画上，细腻感人，催人泪下。总之，这是一本集思想性、资料性、艺术性、可读性为一体的纪实文学作品，值得大家一读。

《寻父记》一书主人公田兴华，是湖南省档案局（后为省档案馆）一名处级干部。我担任湖南省人民政府副省长期间，分管联系档案工作，与田兴华同志有过接触和交往。现在作者邀请我作序，我乐于从命，就写了上面这些话。

湖南省人民政府原副省长　唐之享

前 言

湖南湘西的辰溪县，古称“辰阳”，汉高祖二年（公元前205年）置县，已有2200多年的历史。这里是湘黔边界政治文化中心，兵家必争之地，素有“川黔通衢”和“顾云贵之锁钥”之称。大山深处的辰溪，民风强悍，人才辈出，历来就是一片爱国热土，涌现出许多优秀人物。

1947年6月19日，田兴华就出生在这个县的水井乡旧村（现为辰溪县辰阳镇锦岩村）。“旧村”顾名思义，既老又穷，但这里风景独特、美丽。旧村坐落于县城背后的雷公山下，两个村民小组呈“人”字形摆开。村里有近20栋黑色木瓦房，村前有一块长2公里、宽1公里长的小平原，农田肥沃，水源充足，养育着全村几十户200多人；村后有10多棵一个人双手抱不住的大枫树，树高百尺，直插云霄；枫树上有老鹰垒的窝，老鹰时而在天空翱翔，时而嗥叫。枫林里隐藏着一座庵堂，长年香火不熄，不时传来木鱼敲打声。一条丝带似的青石板路从小平原中间穿过，这是辰溪通往泸溪浦市的必经之路。每逢赶集，商客不断。小平原南面有一个20多米高的小山包，叫团脑山，像是一名卫士似的守卫着这个古老的村落。小山包背后有一条玉带似的小溪，一年四季流水潺潺，汩汩注入沅江。小平原的西南角有一座雄伟壮观的山，人称锦岩山。山上有一座高300多米、历史上千年的古塔，叫锦岩塔，是辰溪县标志性的古建筑。塔下建有寺庙古刹，香客云集，烟火兴旺。沅水静静地从锦岩山下流过，形成一个明镜般的水潭，叫塔湾潭。太阳照射在水面上，有如仙境。相传沅江上游的黔阳、洪江两地排工、船客都要在塔湾潭上岸，到古塔寺庙里朝拜，以保平安。

村子非常美丽，但田兴华家却非常贫穷和不幸。田兴华出生后没有见过父亲。爷爷对他说，父亲参加解放军了。村里人说田兴华的父亲“吃粮”（新中国成立前当地把当兵叫“吃粮”）去了。那时田兴华年纪小，不懂事，也不多问。

1953年9月10日，小兴华刚满6岁，还没有上学读书。那一天，妈妈背着小兴华赶了6华里的山路，来到辰溪县城。到了县人民政府民政科，操着一口山东口音的民政科娄科长礼貌地把娘儿俩让进屋，又泡了一杯热茶，心里非常难过地说：“孙宝珍同志，你的男人田全仁是人民的英雄，是好样的，他在朝鲜打仗很勇敢，1953年7月15日，在平康432.8高地战斗中光荣牺牲了。”一边说一边把毛泽东签署的中央人民政府烈士证和一个包裹，递给小兴华的母亲。小兴华他娘接过遗物，当时就晕过去了，醒来时号啕大哭：“姊妹哥啊，你怎么留下我孤儿寡母就走了……”

小兴华懂事后，爷爷、妈妈才告诉兴华真相：他的父亲名叫田全仁，1920年出生，1946年8月与母亲结婚。1947年1月，结婚才4个月的父亲为躲避抓壮丁，逃出家门，后来在徐州参加中国人民解放军，南下解放福建。抗美援朝战争爆发后，父亲又赴朝作战。父亲参军时，他还在妈妈肚子里；6个月后，他才出生。据他叔叔讲，他父亲牺牲前，还寄回一张照片，后来遗失了。父亲长什么样子，多高多胖，在他脑海里是一片空白。他手头只有他妈妈1960年临终时留下的一大包遗物。

兴华从未见过父亲的无情事实，是他不可抹去的痛点，时刻印在骨子里，掩藏在他的血液里，不可磨灭。幼儿时的“我怎么没有爸爸”的呐喊，是单纯的寻父；成长时享受党和政府的温暖，是与父亲的功劳密切相关；求学、参军、入党和面对工作任务，是时刻想念父亲形象，如父随影的激励，立志做有用的人。为上所述，兴华寻父的念想与举动，绝不是一时起意，而是持之以恒的思念与实践。

田兴华珍藏着父亲留下的遗物，像他的生命一样，珍藏了70多年。不管是在农村，还是在县城，以及后来参军，他都用布加塑料皮认真包好，打入背包里，朝夕不离。

岁岁年年人不同，年年岁岁花相似。70年过去了，古稀之年的兴华老人，儿孙满堂，生活安康，但他对父亲的思念不但没有减弱，反而越发强烈。父亲是什么样子？为何没留下一两张照片？父亲为国捐躯的忠骨今在何方？子孙后代吊孝扫墓当去何处？他身为人子，如果无法寻得父亲生存的痕迹，无法在父亲埋骨处祭拜，无法让父亲魂归故里，他岂能心安？

田兴华走着他不寻常的寻父路……

目　录

第一章　儿时的记忆

一　歇脚亭旁的小茶馆

辰溪地处湘西，山多田少，靠天吃饭，自然环境独特。民国时期，这里兵荒马乱。从辰溪县城沿望石岩壁逶迤直上，翻过西熊首山上的歇脚亭往下看，有一个叫旧村的村子，是辰溪与浦市相互来往、赶集买卖的必经之地。有一位名叫田大行的老人，就住在这个村里。村里交通方便，有一条石板路直通县城。为了方便过往行人歇脚，不知哪朝哪代的慈善家在村西头修了一座歇脚亭（也叫风雨亭、闲脚亭、凉亭、茶亭）。这亭子设在两山中间，长方形，上面盖着青石瓦；左右两边分别立着小水桶大的 6 根杉木，做"天柱"；亭两边铺着长 6 米、宽 40 厘米的枫树板，做坐凳。亭子左边有一个山洞，夏天流出清冽的山泉，行人可以拿起桶瓢舀一瓢喝下，解热散暑，沁人心田。

田大行家里很穷，3 个儿子，2 个女儿，单靠种几丘"天水田"养不活 7 口人。不日，老人发现亭子旁有商机，就在山上采来几根杉条，用稻草和三花泥盖了一个六七平方米的小茶馆，以喝茶为主，还备有甜酒、汤丸、糍粑泡、"神仙果"等食物，以满足行人的生活需求，又能进点财。一根长长的铁杆挂着一个铁茶壶在火坑塘上，2 分钱一碗茶，喝得过路人心旷神怡。同时，田大行还在茶馆里打草鞋，赚取额外的收入。田大行心态很好，人很善良，遇到叫花子讨饭，总是免费送一些吃的和茶水，有时还打发 5 分钱。

田大行晨起很早，每天 7 点钟左右挑一担箩筐，把当天要卖的东西放在箩筐里，晚上才把没卖完的东西挑回来。这样，日复一日，年复一年，家里平安稳定。

他的大儿子名叫田全仁，年少懂事，常跟着父亲奔走，肯做助人的好事，深受当地大人们的喜爱。

熊首山下的锦岩村歇脚亭旧址

二　亡命逃脱抓壮丁

据老辈人讲，兴华的老太爷远在清朝时期是做大官的，他的坟墓就在村西边后山肖谷旁山上。老辈人说，有一天，两个外地盗墓者在村里无意中听说这一情况后，以为老太爷坟里一定随葬着很多金银财宝，暗暗打探了墓地位置，在一个风雨交加的深夜，挖开了墓地，撬开了棺材，除了尸骨，还有一对红色的虾公，却又瞬间化成一对蝴蝶飞出墓穴，升入天空……听了这个故事，大家都相信老太爷葬入了一块宝地，后人一定富贵，60 年后一定能出个大官。兴华的爷爷田大行对这个传说半信半疑，也没有当回事。田大行育有 3 个儿子，老大叫全仁，老二叫全义，老三叫全美，并育有 2 个女儿。田大行分别给 3 个儿子说了门亲事，让他们一心一意守着家业，相传家火。兴华的父亲田全仁生于 1920 年 11 月，长得个子不高，敦壮结实，从小就聪明勤快，很得田大行的器重，全家省吃俭用，把全仁送到村里唯一的私塾学堂读了 3 年书，这期间他经常帮左邻右舍念信写信……后来他还学过裁缝、贩鱼苗。他看什么，学什么，一学就会。后来引起了人们注意，通过媒人牵线搭桥，合对生辰八字，于 1946 年 8 月与孙宝珍结婚。婚房就安排在大屋场进门右边第一间，并配有灶房。

处于国民党统治下的湘西辰溪县水井乡，兵荒马乱，民不聊生。旧村当时属第 8 保，保长为应对兵源扩充，大肆抓壮丁，强迫老百姓当兵。按照国民政府的规定，实行“三抽一”，一家有 3 个达到壮丁年龄的成年人，就必须抽 1 个人去当兵。田家的 3 个儿子，必须得抽 1 人去当兵。地方政府还暗地规定，不愿当壮丁的，只要奉上 100 块大洋，也可以把壮丁指标卖给别人。田家为了凑齐100块大洋，向所有亲戚朋友借了个遍，还是没能凑齐。

1947年1月的一天夜里，各家各户早已门窗紧闭，安然入睡。突然，一阵急剧的狗吠撕裂了夜幕下的安宁。婚后才半年的田全仁被惊醒，意识到大事不好，一骨碌从被窝里爬起来。他用手指蘸着口水把窗户纸戳了个洞，望见十几个火把影影绰绰往自家这边移动，依稀看到米保长跟国民党兵鬼鬼祟祟在说些什么。声音越来越近，田家大院被他们团团围住。田全仁急忙穿上衣服，来不及跟家人告别，冲了出去，打倒一名国民党士兵后，翻过围墙，消失在茫茫夜色中……

三　“我怎么没有爸爸？”

田全仁半夜出逃后，全家人全然不知他的下落。年轻且有身孕的妻子孙宝珍心急如焚，整日以泪洗面。家里人和左邻右舍劝她为肚子里的孩子着想，为丈夫后代接续香火着想，不要过于悲伤，以免伤着肚子里的宝宝。

1947年农历六月十九日下午5点钟（申时），随着田家媳妇的一阵剧痛，在接生婆的悉心照料下，几声啼哭，新的生命诞生了。接生婆告诉田大行：“大行叔，宝珍生了个带把的！”田大行满脸笑容，不断把烟丝填进他的烟斗，使劲地抽着……然后派人把村里有名的先生请到家里，说了孙子出生的日子和时辰。先生扳着手指头算了下，高兴地说：“今天六月十九，是观音娘娘生日，这孩子有福气，但命运八字大。”先生又用左手拇指点着中指，嘴里念着：“您的头一个孙子，按家族辈分，应该是‘兴’字辈，取名为‘兴华’吧，意思是长大后为中华振兴出力，也表‘家之大全兴’之意。”田大行竖起大拇指对先生说：“这个名字好，就这样定了吧！”先生又对田大行说：“孩子的父亲为躲壮丁出逃，不知去向生死，为了将来好养活，我建议给兴华取小名‘丑狗’。”爷爷笑着点头认可。

当时湘西匪患成灾，兵荒马乱。随着岁月流逝，田兴华一天天长大。1 岁多时，奶奶去世了，兴华没人带，只能放进娘的背篓，跟着娘上山砍柴，到野外打猪草。

兴华的母亲离娘家很远，经媒人牵线 19 岁时远嫁到田家，是个勤快守妇道的农家媳妇。可不到半年，丈夫不辞而别，杳无音信。她相信丈夫一定会回来，她把悲伤吞进肚里，发誓把丈夫留下的独苗养大成人。

1949 年下半年，兴华的家乡迎来了解放。一排排整齐划一穿着黄军装的解放军，从村前的青石板路由东往西有序通过，有步行的，有骑马的，有枪有炮，非常威武。那时小兴华已 2 岁多，娘牵着他的手看热闹。娘一个一个地看着每个战士，看队伍中是否有自己的丈夫……

光阴似箭，岁月如梭。转眼间又过去了 2 年多。小兴华满 5 岁，开始懂事了。他看见村里小伙伴们都有爸爸，他却没有，很是不解。有一天吃完晚饭后，他就问他娘：“娘，别人都有爸爸，我怎么没有爸爸呢？”孙宝珍一听便潸然泪下，她抚摸着小兴华的头说：“儿子，你爸爸叫田全仁，去很远的地方做事去了，过两年就会回来的……”小兴华看见娘的眼泪不断往下流，不敢往下问了。

四　出走5年后的第一封家书

田全仁那天夜里逃离家乡后，到底去了哪里？当时有很多传说。有人说，当晚就到了辰溪县城的南码头，上了一艘货船，去了常德；有人说，当晚逃到县城后，沿县城到处讨饭，最后饿死在街头；还有人说，全仁聪明伶俐，怎么会去讨饭？是到外面“吃粮”，当“粮子”去了。村里有一位40多岁，经常去外划船跑江湖的中年男子说得更神奇。说前不久，他们船到了福建泉州，看见田全仁穿着一身军装，在泉州晋江一带海边搞海训，两人还在海边讲了几句话，描述得有鼻子有眼儿的。更有甚者，有人传说田全仁在解放军部队当官了，起码是一个连长。孙宝珍对这些还是将信将疑，不置可否。然而小兴华对他爸爸的故事非常有兴趣，总是要把故事听完，还要问个不停。只要村前的石板路有部队经过，孙宝珍都要带着他到亭子上看看有没有全仁的身影。

1952年5月的一天上午，县城来了一个背邮包的乡邮员。他来到兴华家，把一封信交到孙宝珍手里，亲切地说：“宝珍妹，这封信是福建泉州寄过来的，是不是你家男人全仁寄来的？”孙宝珍不太相信乡邮员的话，半信半疑接过信，谢过那位乡邮员。孙宝珍没有读过书，不识字，急忙去村里一个识字的“秀才”家里请教。“秀才”扯开信封，诵读起来：

宝珍，我的妻，您好！

家里都安康吧！我对不起您，对不起我的父亲，还有那未见面的儿子。那天深夜，我听到狗叫声，10多个火把照亮夜空。我知道大事不好，一定是到我家里来抓壮丁了，我是家里的老大，肯定抓我。于是，我推开你，慌忙穿上衣，来不及同你和孩子他爷爷告别，翻后墙逃跑了，还打伤了一个兵。当天夜里我就逃到了县城，第二天乘渡船逃到对河麻田贮木场。麻田贮木场的一位伐木师傅收留了我。随后，同他一起放木排到桃源陬市。陬市离常德很近，我一方面混口饭吃避风头，另一方面决定到常德再做打算。真是无巧不成书，十几天后到常德，又遇到上海一艘货船缺少船工。船老板见我在沅水边长大，水性好，又年轻，当时就收留我在船上做小工，只管吃饭，没有工钱。当时，我也不希望赚多少钱，只为逃离湖南。1947 年 2 月，我就随船来到了江苏。这个月正是淮海战役爆发初期，我遇见了一支解放军部队，就报名参加了解放军。后来才知道是华东军区一支具有光荣传统的红军老部队。入伍后，我随着部队南征北战，先后参加了孟良崮、渡江、解放大上海等战役。后来参加了浙江一带的剿匪工作。1949 年冬，我们部队乘船南下，一举解放了福建。现在已从福州闽侯县移防福建泉州、晋江一带。宝珍，我在部队一切很好，部队首长像父母一样关心我，战友像兄弟一样照顾我，一切均好，不用挂念。宝珍，我们的父亲，他老人家可好吗？不孝之子不能在家尽孝，代我向他老人家表示歉意。我未见的儿子长得怎样？叫什么名字？他一定很像我。我对不起他，使他失去了父亲。我不在家，给你增加了很多负担，你既要当娘，又要当爹。还要照顾孩子他爷爷，你辛苦了。等全国解放了，我复员回乡，与你共同担起家庭重担，把这个家管理好。好了，部队又要搞训练了，暂此搁笔，下次再写。

祝全家一切均好。

你的丈夫：全仁　1949 年 11 月于泉州

五　两个弟弟学哥哥，先后参加志愿军

兴华的家乡辰溪，新中国成立前土匪横行，官匪勾结，人民生活在水深火热之中。1949 年，中国人民解放军第 47 军奉命开进湘西剿匪，村里来了一批和蔼可亲的解放军。在村里清匪反霸的解放军战士在访贫问苦，做完群众工作之后，喜欢到村西头歇脚亭休息，亭子旁边的小茶馆便热闹起来。田大行看着那些年轻战士，就想起在外当兵的大儿子田全仁，心里非常高兴。他从火坑塘上取下已烧开水的铜吊壶，对着站在一旁的二儿子说："全义，快拿几个茶杯来，给休息的老总（过去老人把当兵的叫'老总'）倒茶。"全义用手指扣着 6 个茶杯的耳朵，分别递给父亲，田大行一个一个地分别给坐在亭子两边木板上的战士倒茶。拿到茶水的战士亲切地说："谢谢田大爷。"泡完茶后，全义一双机灵的眼睛盯着拴在亭西头一棵大树上的一匹战马，恳求父亲说："爸爸，您给那位骑马的解放军叔叔说说，我想骑一下那匹战马玩玩。"那匹战马的主人是 47 军司令部的一位军官，他看出全义的心思，对田大爷说："大叔，您儿子很英俊，想骑马玩一下，没关系。我扶他上马，让他过一下骑战马的瘾。不过要小心，别从马上摔下来。"田大爷点点头表示应许了。于是那位解放军军官左手牵着马的缰绳，右手将全义扶上马鞍。全义上马后，紧紧抓住马的缰绳，在那位解放军军官的牵引下，英俊潇洒地走动起来，围着歇脚亭威风凛凛地转了一圈，然后满意地下了马。全义调皮地站在那位军官面前，行了一个不标准的军礼，说："解放军叔叔，我大哥田全仁在福建 25 军当兵，我也想当兵。"

那位军官仔细地打量着全义，见他英俊结实，便自言自语地

说道，是一块当兵的好料；又转过身来对田大爷说："大行哥，您儿子要当兵，您舍得吗？"爷爷摸了一下他那山羊胡子，笑着说："没问题。我再把一个儿子给你们解放军。如果国家需要，我还有一个也可以送给你们。"

田全义听到其父这句话，高兴得跳了起来，认为自己当兵有了谱。第二天一大早，便到十里之外的乡政府报名。1950 年初，他参加了辰溪县开办的第 47 军新兵训练班。3 个月后，被分配到 47 军司令部通信营电话连。1951 年 4 月 11 日，随同中国人民志愿军第 47 军跨过鸭绿江，入朝参战。

1951 年 11 月的一天，田全义所在的电话连每人背着 40 多斤的电话线和电话机向前推进。当时 47 军某部刚好占领敌军的一个山头。田全义所在的有线电话班，主要负责军首长与某部师长的有线电话接通工作。突然，一发炮弹落在田全义前面不远的地方，把正在通话的一根电线炸成两截。线与线相互距离有 1 米多。田全义知道，电话线被炸断，军、师首长的通话被卡断，意味着军首长的作战命令和意图无法传达到前线部队，将影响整个战局的胜利。他知晓问题的严重性。说时迟那时快，他全然不顾个人的安危，冒着敌人的炮火扑上前去，找到被炸断的线头，用牙齿咬破线皮，用左右手紧紧抓住，连接起来，让电流从自己的身体直接通过。他全身一阵阵发抖时，知道电话通了，首长们可以通话了，苍白的脸上露出一丝微笑。为了这一次反击战的胜利，他咬紧牙关坚持着，1 秒，1 分，5 分，10 分……直到晕了过去。战友们将他扶上担架，送到野战医院抢救后，他才苏醒过来。

田全义用自己身体做导电电线，保证军师首长有线电话的畅通，为这次反击作战的胜利作出了巨大贡献。为表彰田全义同志奋不顾身顽强战斗的精神，上级给田全义荣记一次二等功，号召大家向他学习。1952 年 2 月 16 日，田全义另外一次战斗中，因工作成绩突出，又被记一次三等功。

1954 年，中国人民志愿军政治部为田全仁烈士的大弟田全义颁发的《革命军人证明书》

朝鲜停战之后，1956 年 11 月，田全义转业回到家乡辰溪县，组织上把他安排在辰阳镇派出所。一天，家乡新村党支部书记米世晚来到田全义的办公室，向他介绍该村社会主义建设的情况。他说：“要改变旧村的旧貌，必须利用村石灰岩资源丰富的优势和沅水运输的方便，创办一家石灰厂，以增加全村农民的收入。”并建议田全义任石灰厂厂长，筹办这个厂。米支书的谈话同田全义的想法不谋而合。第二天，田全义就向派出所领导递交辞职书，回到村里筹办石灰厂。1964 年初，田全义又转任新村党支部书记，直到 2005 年去世，享年 79 岁。

田家老大田全仁、老二田全义都参加了中国人民志愿军，两块“军属光荣”的牌子挂在大门口，闪闪发光。老三田全美坐不住了，天天找田大爷闹着要参军。乡政府知道田家已有两个儿子在前线，一开始没有同意。后来，田全美做好田大爷的工作，又与田大爷一同做通了乡政府的工作，也光荣地成了中国人民志愿军。田全美赴朝鲜不久，前线传来了朝鲜停战的消息。田全美又奉命回到国内参加荆江水利工程建设。工作完成之后，复员回到家乡新村第四村民小组任组长，直到去世。

六　沉甸甸的军功章与血染般的烈士证

自从小兴华的娘收到丈夫从福建泉州寄来的信和照片，她心里非常欢悦。她悬着的那颗心终于落了地。她深知，丈夫参加中国人民解放军，在淮海战役中还立了一次三等功，这既是丈夫的光荣，田氏家族的光荣，也是自己的光荣。丈夫在前方打仗，为中国的解放事业流血流汗，自己在后方带好儿子，协助孩子他爷爷管好这个家，尽一个妻子的责任，也对得起远方的丈夫。门前那块“光荣军属”的牌子，让她心里感到几分自豪和得意。

村党支部和村委会对小兴华家给予了热情的关心和照顾，经常上门问长问短，问寒问暖，还给小兴华家分了几亩田地，一片自留山和一亩多菜园。每逢春耕秋收季节，村里的共青团员和年轻民兵都会前来帮小兴华家抢种抢收，不用小兴华的爷爷和娘操更大的心。小兴华家的日子过得也算和睦幸福。

1953 年 9 月 8 日傍晚，小兴华跟着他娘刚从菜园锄草回家，村支书急忙跑到小兴华家，上气不接下气地对孙宝珍说："宝珍姐，今天接县里一个电话，要您明天去县民政科一趟，有要事告诉您。"村支书走后，天气很快阴沉，雷声隆隆，不久就大雨倾盆，似一种不祥的征兆。当晚，孙宝珍翻来覆去睡不着觉，心想，可能丈夫在部队打了胜仗，丈夫可能立了什么功，叫她去拿什么立功喜报；翻个身子又想：不对啊，有喜报，一般邮件员会送到村里，不用去县里拿。但她又想起，前几天左眼皮跳得特别厉害，"左跳祸，右跳财"，莫非丈夫有什么祸？她不相信那句俗语，也不敢往下面猜疑，迷迷糊糊地睡着了。

9 月 9 日天刚亮，孙宝珍急急忙忙地炒了一碗蛋炒饭，让小兴华吃罢，把他放在背篓里，便出发了。她沿着村前那条蚯蚓般的青石板路，上上下下，拐了好几道弯，爬行了 200 多个台阶，行走了近 10 里山路，终于来到县人民政府的大门。县民政科设在一栋两层楼房的一层。一个高大魁梧、穿一件黄色呢子军大衣，看上去像军人的干部，从房内走出来，把小兴华娘俩让进屋里，端上两杯热茶。这位 30 多岁的男子操着一口山东口音，自我介绍说，他是民政科负责的，姓娄，名春生。接着又介绍了身边的谢副科长。寒暄一阵，娄科长上前握着孙宝珍的手说："孙妹子，您娘儿俩辛苦了！您丈夫是一位英勇的中国人民志愿军战士，是中国人民的好儿女。在抗美援朝战争中，他多次立功受奖。不幸的是今年 7 月 13 日在金城反击战中，在攻打 432.8 高地时，身受重伤，经多方抢救无效，于 7 月 15 日光荣牺牲。"说完，娄科长从一个柜子里取出一个黑色的包裹递给孙宝珍，说："这是您丈夫田全仁部队寄来的全仁的遗物。"孙宝珍是一位老实巴交、地地道道的农家妇女，不知道"牺牲"两个字什么意思；但看见丈夫的遗物，知道丈夫不在人世了，顿感天崩地裂，脑子一片空白，晕倒在地上。娄科长、谢副科长两人急忙上前把孙宝珍扶起来，让她坐在一把木椅上。一位女工作人员端来一杯糖开水，一勺一勺喂下，孙宝珍这才苏醒过来，发出撕心裂肺的大哭："姊妹哥啊，我怎么这么命苦！你这时走了，你的儿子才6岁，你丢下我们孤儿寡母，日子怎么过啊！"孙宝珍的哭声震动整栋小楼。小兴华也跟着一起哭。娄科长给孙宝珍递上一条毛巾，非常同情地说："孙妹子呀，您丈夫是好样的，他是为保卫祖国牺牲的，是光荣的，重于泰山。今天的国家和平是您丈夫这一批革命先烈用鲜血换来的。他是我们国家的英雄，您没有丈夫，您儿子没有父亲，人民政府就是你们的靠山，民政科就是你们的家，我们就是你们的亲人。根据有关规定，今后我们民政科每月给您娘儿俩60元的抚恤金。您儿子是烈士的后代，将来由国家把他抚养成人。如果今后您在生活上有什么困难，请及时告诉我们，我们会尽力解决好。"接着他把每月领抚恤金的本子交给孙宝珍。

等孙宝珍的情绪稍微稳定之后，娄科长用剪刀小心翼翼地把田全仁的包裹打开。里边有一个16开大的信封、一个小布袋和其他物品。信封内装着烈士证和立功喜报。烈士证系金黄色的硬质纸，四周嵌着金边，右边是竖排的"革命军人牺牲证明书"9个黑体字，清晰醒目，左边落款是"中央人民政府"方形大印，有中央人民政府主席毛泽东的亲笔签名，证卡背后写有兴华父亲田全仁牺牲的安葬地。信封内还有两张8开大的纸质"喜报"，落款分别为华东军区司令部政治部、中国人民志愿军司令部政治部字样，盖有关防大印，证实田全仁烈士生前在解放战争和抗美援朝战争中立了两次三等功。接着，娄科长又从那包裹里取出一个长40厘米、宽20厘米的白色小布袋，袋面上印着"抗美援朝，保家卫国"8个红色大字，还有一位志愿军战士手握一支冲锋枪的图案，慰问袋的下方印着“祖国慰问”4个小字。娄科长把慰问袋打开，内有立功证书、证章、纪念章。两本红色“功劳证”分别由中国人民解放军第25军、中国人民志愿军第24军政治部制，内页记载着田全仁1951年11月在淮海战役和1952年11月在抗美援朝战争中立三等功的事迹。慰问袋里的4枚军功章、纪念章，庄重精制。孙宝珍不清楚这4枚纪念章的含义，娄科长指着其中的两枚说，这是渡江战役和抗美援朝纪念章，另两枚是解放战争和抗美援朝战争田全仁荣立三等功的立功奖章，都是用红色绸布包裹着的，需要好好保管和珍藏。娄科长在清点物件时，还有一个脸

档案复印件 全宗 47 目录 2 案卷 29 页号 15

革命軍人犧牲證明書

烈字第　號

田全仁同志於一九四九年　月參加革命工作在　任　不幸於一九五三年　月　日在　光榮犧牲除由我軍奠祭英靈外特懷哀悼之情敬報貴家屬並望引榮節哀持此證明書向　人民政府領取撫卹金及革命犧牲軍人家屬光榮紀念證其家屬得享受烈屬優待為荷

此致

先生

中國人民志願軍政治部之印

一九五　年　月　日

1953年9月，田兴华的母亲孙宝珍在辰溪县民政科领取的田全仁烈士《革命军人牺牲证明书》

盆，印着“抗美援朝，保家卫国”8个大字，一个印有“最可爱的人”的茶杯，一个系着土黄色背带的军用水壶，还有一个铁盒子，盒子里有一些没吃完的干桂圆肉。在娄科长仔细地清点登记之后，孙宝珍用手擦干脸上的泪珠，在登记簿上按了手印，然后把丈夫用生命换来的这些遗物，分别放入自己的背篓里。她对小兴华说：“儿子啊，今天背篓要背爸爸的东西，娘牵着你慢慢走回家。”小兴华看着娘悲伤的样子，连忙点点头。娄、谢两位科长一直把小兴华娘儿俩送到县政府大门口才返回。

田全仁烈士在解放战争和抗美援朝战争中，两次荣立三等功的立功证书和四枚立功章、纪念章

那天下午，小兴华娘儿俩从县民政科回来，先在望石岩上歇脚亭休息。到亭子之后，兴华娘首先把小兴华安放好，然后，把那装有丈夫遗物的背篓放下。面对眼前这些由丈夫用生命和鲜血换来的物件，孙宝珍睹物思人，想起8年前经媒人介绍，从40多里外的石碧乡沃水塘村嫁到田家的情景。那时她刚满19岁，丈夫比她大4岁，结婚时丈夫给她送了一对金耳环，做了两套新衣，

心感满足。婚后家里虽然不富裕，但凭着爷爷开的茶亭和土改时分的几亩水田，加上兄弟们日出而作、日落而息的辛勤劳动，日子算是过得去。孙宝珍回想以往，恨死了当时的米保长：那天晚上，要不是他带着国民党兵来抓壮丁，丈夫也不会逃，也不会有今天的事。眼下看着这些遗物，孙宝珍把小兴华拥进怀里，哭着喊道："姊妹哥啊！你这样走了，不管我们娘儿俩，叫我们娘儿俩怎么活下去？"孙宝珍的哭声越来越大，几个坐在亭子里歇脚的客人，也跟着流泪了。两位中年妇女走到孙宝珍跟前，真切地安慰和劝说道："宝珍姐，人死不能复生，哭也没有用，不要把身子哭坏了。丑狗才 6 岁，您要是把身体拖垮了，谁来抚养丑狗成人？"还有一位上了年纪的大爷，走到孙宝珍跟前，在石板凳脚下敲了敲烟锅里的灰，和风细雨地说："宝珍，国家处于危难之时，总要有人上战场，总会有人流血牺牲，没有牺牲，哪有今天的太平？全仁为抗美援朝、保家卫国而牺牲，是你们家的光荣，也是我们旧村人的光荣。你们家现在是烈属，大事国家会照顾，小事我们左邻右舍会来帮忙。"另一位老大爷也劝道："孙妹，你年纪轻轻的丧夫，很难接受，可以理解。但您还要想到，全仁的父亲 60 多岁了，他如果知道儿子牺牲了，只怕更难经受这一打击。孙妹，只有您坚强起来，才能做好大行爷的工作。"

在歇脚亭里，过路客人你一言他一语的安慰，让孙宝珍心情慢慢平静下来。她用手巾擦干脸上的泪珠，对大家说："谢谢大家对我的关心，我一定化悲痛为力量，把全仁留下的这根独苗培养好，使他长大成人。另外，我孩子爷爷还有两个儿子在朝鲜前线同敌人战斗。我是孩子爷爷的大媳妇，一定照顾好孩子爷爷，协助孩子爷爷管好这个家。只有这样才对得起为国捐躯的丈夫。"说完，孙宝珍打起精神，背起背篓，牵着小兴华，同几个村民一道下山，向旧村走去。

七　在土地庙旁垒起一座小石屋

孙宝珍从辰溪县民政科回到家里，强打起精神把丈夫在朝鲜战场牺牲的消息压下来，没有告诉小兴华的爷爷。孙宝珍怕公公接受不了儿子牺牲的事实，承受不了这突如其来的打击。可是，世上没有不透风的墙。有一天，田大爷正在茶厅里忙着为客人上茶时，从两位来客的谈话中，听到了儿子田全仁在朝鲜前线牺牲的消息。他突然得此噩耗，感到天崩地裂。好在田大爷具备顽强性格和坚毅品质，才没有被压垮。

新中国成立前，田大行没有田地，靠妻子做粉糍粑、儿子田全仁卖“荒货”以及自己在茶亭卖茶，勉强维持一家9口人的生活。妻子黄氏积劳成疾，无钱医治，50岁出头就告别了人世。田全仁为躲壮丁出逃，田大行没有流泪。1950年初，辰溪解放了，田家分了田，分了地，还分了山，从此过上了温饱的生活。田大行虽然没有读过书，是个文盲，但“国家兴亡匹夫有责”的古训，在他心里却扎根很深。抗美援朝战争爆发，为保家卫国，田大行的三个儿子先后上了朝鲜前线。前几年田全仁在朝鲜战场上立了一次三等功，当他收到部队寄给他的那张立功喜报时，心里非常高兴。可现在儿子田全仁成了烈士，田大行老年失子，心头之痛，常人无可比拟。他以国事为大、以情义为重，顽强地挺过来了。

小兴华家有一栋2层楼的木板房，田大行把下面3间木房分给3个儿子，自己搬到2楼住。接到小兴华父亲立功喜报那天，他把小兴华和二儿子全义的儿子佑兴一起叫到楼上，陪他喝酒。得知大儿子全仁在朝鲜战死消息的那几天，他先是心如刀割，想着为使全仁顺利成才，树立家庭榜样，他勒紧裤带让他念了三年私塾。全仁聪明能干，学什么会什么，能说会道，对人又有爱心，懂礼貌，经常给村里人免费代写书信。在田大行的心里，大儿子是田家继承家业的顶梁柱，等大儿子复员回家，他要把经营多年的茶亭交给他。如今大儿子没有了，这怎么不叫人心痛啊！老人又想，儿子为国家，战死沙场是光荣的，证明自己田家为国家、为世界和平作出了一份贡献。他把悲伤深深地藏在心底，从不挂在脸上，实在克制不了也只是躲在没有人的地方偷偷流泪……

有天晚上，田大行带着小兴华来到村前的土地庙。土地庙坐落在一棵有几百年历史的大白果树下，田大行围着它低着头转了好几个圈。他在周围拾来 5 块石头，在离庙 2 米多远的地方，砌了一个石头小屋，对着小兴华说："孙子，我们这里的习俗是入土为安。你爸爸在朝鲜战死，埋在何处？我们老百姓管不着，那是我国政府和朝鲜政府的事。毛主席的儿子牺牲了，尸体都没有运回来。我们不能向政府提要求。但是，按照上辈人流传下来的说法，人死了，灵魂一定会飞回来。旧风俗还有个规矩，外面战死的人的灵牌不能入堂屋安放。怎么把你父亲的灵魂安放好？我砌这个小石屋，就是让你爸爸的灵魂有一个安放的地方，以免成孤魂野鬼，在外面到处去游荡。"

说完，田大行把随身带的一大沓纸钱和一把香烛拿下来，在地上铺了一块白布，把用碗装着的一块煮熟的腊肉和一瓶白酒放在白布上，腊肉上面还插了一双筷子。然后叫小兴华把那一沓纸钱一张一张撕开，用火柴点着，塞进石屋里；接着把点燃的三炷香插在石屋旁；然后拿起白酒，在石屋前滴上几滴，嘴里念念有词："儿啊，这些钱都是烧给你的，你多拿一点，如没钱花，就托个梦来……"接着，要小兴华在小石屋前跪下，说："孙子，这就是你父亲灵魂安放的地方，你要给你父亲多叩几个头，多烧一些纸钱，让你父亲在另外一个世界里有钱用。今后，特别是清明节、七月半和过年前两天，你和娘都要到这里看望你的父亲，让你父亲不孤独。"

纸钱烧了一会儿，风吹着纸灰到处乱飞。田大行露出笑脸对小兴华说："孙子，你看，你爸爸来取钱了，快给你爸爸叩 3 个头。"小兴华叩完 3 个头后，还作了 3 个揖。直到把 3 斤纸钱烧完，小兴华和田大行才依依不舍地离开小石屋。

第二天早上，田大行吩咐小兴华娘到辰溪街上去赶集时，多买些好菜，说晚上有重要客人来。小兴华和佑兴听说了，盼望太阳早点下山，好打个牙祭。晚上 8 点多，当孙宝珍把饭菜端到堂屋桌上时，小兴华发现桌子摆放了 6 个碗和 6 双筷子。小兴华感到非常奇怪，家里平常只有 5 个人吃饭，当时大叔、二叔都在朝鲜前线，多的那套碗筷一定是爷爷的客人。大家在桌子边等了 10 多分钟，还不见爷爷宣布开席，小兴华着急地问："爷爷，您请的客人怎么还没有来？"田大行坐在桌子上方，摸着他那山羊胡子，面带微笑，对小兴华说："孙子，我请的那个客人不是别人，就是你的父亲。那一套碗筷就是留给你父亲的。今后每逢吃饭时，你们都要照此办理。吃饭前都要先敬你父亲 3 分钟，让你父亲吃完以后，大家才准端碗吃饭。"爷爷说完，用右手指头在倒满酒的碗里，点了三下，说了声："我的全仁儿，上桌吃饭。"田大行说完，全家人低头静默 3 分钟，才端起饭碗来。

那晚，田大行喝了两杯酒，没说太多话，回到他 2 楼那间房子休息。第二天听他讲，他一晚上在床上翻来覆去睡不着，半夜做了个噩梦，发现儿子全仁满身是血，跪在床前说："父亲，儿子不孝，我本想在朝鲜打完最后一仗，攻下最后一个山头，就回家看望您老人家，可是美国鬼子从飞机上投下一颗炸弹，落在我的身边，把我炸成重伤，不省人事。父亲，你要给我两个弟弟写信，让他俩在朝鲜战场上多杀几个敌人，为我报仇……"

田大行吃过早饭，便急急忙忙上街，在一家文具店买来纸和笔墨，把村里一位教书先生请到家里，由自己口述，教书先生代笔，分别给在朝鲜作战的二儿子、三儿子各写了一封信。信中告诉他们，大哥1953年7月15日在朝鲜金城反击战中光荣牺牲。要他们向大哥学习，在战场上多杀美国鬼子。为大哥报仇，为国家争光。

田大行整整忙了3天，终于办完了这几件大事。第4天一大早，他吃过早餐，备好茶叶、草鞋、烟酒、火柴和一缸甜酒，挑起一担箩筐，朝他那心爱的小茶亭走去，日子又回到了原来的轨道上。

八　砍掉了那棵可恨的枇杷树

田大行化悲痛为力量，继续经营着他那朝夕相伴的小茶亭。孙宝珍耕耘着土改时分给家里的田、山和菜园。水田的农活基本上由村里的基干民兵包了，孙宝珍每天带着小兴华，背着背篓，扛着锄头，在菜园里劳作，种点经常要吃的小菜。

常言道："树大分叉，儿大分家。"1956年以后，大叔田全义、小叔田全美先后复员回到村里。田大行很快为全美完婚，讨了一房亲。不久，田大行把全家分成3个小家，把3间房屋分给3个儿子。小兴华和他娘住在进大门右边第1间房，做饭在旁边的灶房。小兴华隔壁那间房分给了小叔全美。对面那间房子和厨房，分给了大叔田全义。田大行自己依然住在家楼上。一大屋人和睦相处，生活有序，让人羡慕。

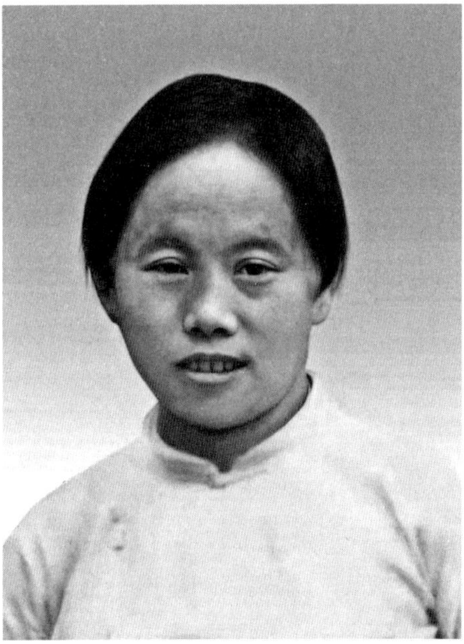

田兴华母亲孙宝珍

小兴华一天天长大，1955年下半年，到了国家法定的上学年龄。孙宝珍把国家给的抚恤金积攒起来作为学费，把小兴华送到附近的青竹坡小学上一年级。青竹坡小学离小兴华家只有两华里，但要翻过海拔500米高的雷顶山。

刚解放不久，农村教育比较落后。青竹坡小学名义上是一所完小，实际上只有3间教室、1个班、1个校长和3名老师，班上只有十几个学生。米世爵既是校长又是一年级的语文老师。不知是遗传的原因还是营养不良，当时小兴华的个子还没有课桌高。

米校长知道小兴华是烈士子弟，对他热情照顾，给小兴华搬来一张小板凳，让他坐在最前面。

小兴华读完小学三年级，娘担心青竹坡小学师资力量不强，耽误了小兴华的学业，又想办法把小兴华转到县里城关镇熊首山小学继续学习。孙宝珍认为，进了熊首山完小，毕业后考县城名校辰溪一中，就不成问题了。

孙宝珍（左一）1958 年出席湖南省军（烈）属、复员、退伍军人建设社会主义积极分子代表会

孙宝珍解决好小兴华的读书问题以后，一心扑在村党支部分给她的妇女工作上。1958年，旧村响应伟大领袖毛主席号召，开展了轰轰烈烈的农业合作化和人民公社运动。孙宝珍把自家的田、茶油山、菜地，折成股份加入村里农业合作社。她还起早贪黑地工作，成绩显著，被村民选为村妇女主任。她工作的积极性更加高涨，经常挨家挨户上门宣传党的方针政策，做基层妇女工作，宣传国家新的婚姻法规，带领妇女同旧社会家庭暴力、买卖婚姻和铺张浪费等旧习俗作斗争。1958年上半年，小兴华的娘因工作成绩突出，被选为辰溪县出席湖南省军（烈）属、复员、退伍军人建设社会主义积极分子大会代表，在长沙与会，并受到省有关领导的接见。那张她同省有关领导的合影，成为孙宝珍留给小兴华的唯一遗照。

斗转星移，日月如梭。1960年4月，我国国民经济开始遇到前所未有的困难。粮食、布匹等生活必需品紧缺，大都由政府按计划配额供应。当时，乡里每人每天只供应4两大米，年已12岁的小兴华正是长个子的时候，4两大米不够他吃一顿。食量不足，小兴华一天天消瘦下来，脸也尖了，脖子细了。孙宝珍不忍心，把自己的那份口粮让给小兴华，自己靠挖野菜充饥度日。

小兴华自从到县城读书后，每天早晨5点多起床，带上他娘做好的一小碗饭菜。这碗饭菜本来是安排到学校后做中饭吃的，因为肚子饿，小兴华半路上爬到望石岩顶，就忍不住把那碗饭吃了。小兴华中午没饭吃，下午放学很晚才能回到家吃，久而久之，身体一天一天消瘦，全身乏力，一副愁眉苦脸的样子。孙宝珍看在眼里，痛在心上。有一天，小兴华放学回家，看见娘从一口木箱里取出一对金黄色的耳环。孙宝珍对他说，那对耳环是她嫁给他爸爸时，爸爸亲手送给她的。小兴华看着那对闪闪发光的耳环，就好像见到了爸爸。晚上，小兴华的娘还拿着那对金耳环，自言自语地说："全仁啊，不是我不珍惜您赠送的礼物，是您的儿子实在饿得受不了，我只有把它卖掉，才能换回些米，让您儿子渡过眼下的难关……"第二天早上，孙宝珍匆匆来到辰溪县城，在一家金器店里，把她那对心爱的耳环以 19 元的价格卖掉。接着，孙宝珍又去集市上，用 19 元钱买了几斤大米。

当时，村里人说，枇杷树的皮做成糍粑，特别好吃。孙宝珍听说了，便来到自家菜园里，把一棵碗粗的枇杷树的树皮，用刀一片一片削下来，在锅里烤干后，磨成粉，再用开水搅拌成糊，做成了糍粑。孙宝珍把糍粑煎熟，先吃几个之后，感觉没有问题再给小兴华吃。那时的小兴华饿得慌，饥不择食，拿着娘做的糍粑，直往嘴里塞，感觉香得很。

没有多久，那棵枇杷树的皮剥光了。孙宝珍觉得，既然枇杷树皮可以吃，按道理枇杷核也是能吃的。当时，正值夏初枇杷成熟的季节，孙宝珍拖着那虚弱憔悴的身子摘了一篮子枇杷，把枇杷肉给小兴华吃了，然后把枇杷核收集起来，到村前团脑山下的一个水井旁一粒一粒洗得干干净净。晚上 7 点多钟，小兴华放学回家，看见他娘把洗干净后的枇杷核放入锅里。那枇杷核非常漂亮迷人，像板栗子一样，估计有一斤多重。孙宝珍往锅里添了几瓢冷水，在灶下塞了一把柴，用火柴点上火，盖上锅盖烧煮。半个小时后，孙宝珍把煮熟的枇杷核盛出来，自己偷偷躲在内屋吃。小兴华发现了，拉着孙宝珍的手哭着说："娘，我也要吃！"孙宝珍回答说："孩子，这枇杷核能不能吃，还是个谜。我先试试，如果没有问题，再让你吃……"那天晚上，小兴华吃饱了饭，就睡觉了。孙宝珍把碗筷收拾完后，也上床了。

孙宝珍翻来覆去睡不着，感觉下腹阵阵剧痛，豆大的汗珠从额头上滚下来……半夜12点左右，小兴华被吵醒了，他爬到他娘身边，问怎么啦，孙宝珍回答说："孩子，我今天不该吃那煮熟的枇杷核，可能中毒了。"这时，小兴华急得像热锅上的蚂蚁，不知如何是好，一边抚摸着娘的肚子，一边大声叫喊："我娘中毒了！"他的叫声很大，第一时间把隔壁的小叔吵醒了。小叔披上一件外罩衣，来到小兴华娘床前，用手指掰开她的双眼说："兴华，你娘吃了什么有毒的东西？可能中毒了，我同你一道到公社卫生院把医生请过来，为你妈洗肠胃，排排毒。"小叔从他家拿来一根松油卡树枝，用火柴点燃，小兴华拿着一个手电筒，两人急急忙忙朝水井卫生院跑去。卫生院设在离村10多里的犁子溪。从村里到那里没有公路，只有一条弯弯曲曲、不到一米宽的青石板路。小叔在前面打着火把，小兴华在后面跟着。夜里伸手不见五指，石板路又高低不平，叔侄俩恨不得变成小鸟飞进卫生院。小兴华和小叔一路小跑，仅仅花了40多分钟就赶到了卫生院。

"王医生，快开门，我嫂子今天吃了煮熟的枇杷核又呕又吐，请您同我们一道去村里看看！"小叔一边敲门一边大喊。王医生听到深更半夜敲门，顿觉没有什么好事。听来人说是吃枇杷核中毒了，知道问题的严重性，马上从医药柜里拿了几包消毒和排毒的药物，放入巡诊药箱里，朝小兴华家跑去。40分钟之后，三人急匆匆来到小兴华家，推开门，发现孙宝珍一动不动地躺在床上，眼睛也不转了，嘴里冒着白沫。王医生放下药箱，取出听诊器，把耳塞放入自己的耳朵，把探头放入孙宝珍的胸口。大约听了一分钟，转过身来，对小兴华的小叔说："全美哥呀，你嫂子没有一点气了，你们两兄弟要为你嫂子准备后事……"

小兴华不相信自己的耳朵，拉着王医生的手一边哭一边恳求说："王医生，您一定要把我娘救活啊！"说完，扑通一声，扑到孙宝珍的身上，抓着她使劲地摇，大声哭道："娘啊，您不能死啊！您死了，我怎么办？您死前还没有给我一句话，交代后事啊！"小兴华的哭喊声一阵高过一阵，撕心裂肺。整个大屋里的人全都醒了。田大行、大叔等人纷纷赶来，深感震惊，哀痛不已。小兴华的眼泪也哭干了，不知不觉躺在娘身边睡着了……

天一亮，大叔田全义把全家人召集起来，开了一个家庭会，商讨小兴华的娘的后事。大叔首先派儿子田佑兴陪小兴华，把小兴华在家两个舅舅全部请过来，征求他们的意见。那时，家里内亲外戚都很穷，找一副棺材特别困难，经商量决定把小兴华家装谷的仓库木板拆卸下来，拼凑成一个大木盒子代替棺材。那时，农村吃饭都有困难，死了人也没有安葬仪式。孙宝珍下葬前的那天晚上既没有做道场，也没有唱夜歌。按当时祖上留下的规矩，孙宝珍照理应埋到田家祖坟肖姑坟旁。但因为孙宝珍 30 出头去世，不够 60 岁的葬坟条件，只好在村旁边的乱岩科选一块墓地安葬了……

小兴华娘安葬之后，两个舅舅和两个叔叔分别回到了各自的家里，孤苦伶仃的小兴华独自守在娘留下的那间屋里。房子空空荡荡，没有一点声音，小兴华望着天花板不停地哭，眼睛里再也挤不出一点泪水。那天夜里，小兴华做了一个噩梦，梦见娘穿着一套白衣裤，在他家菜园里的那棵枇杷树下不停地哭着说："可恨的枇杷树，我不该吃你的枇杷核，让我离开人世，丢下我丈夫留下的那根独苗，让他一个人在世上受苦受难……"一梦醒来之后，小兴华非常痛恨菜园里那棵枇杷树：要不是这棵枇杷树，我娘不会死！第二天一大早，小兴华在灶屋里找到他娘经常砍柴的柴刀，跑到菜园里，一气之下，乱刀不止，把那棵枇杷树砍倒了。

九　娘逝世后的第一个暑假在外婆家度过

1960 年 6 月下旬的一天，是小兴华所在熊首山小学放暑假的第一天，也是他娘去世两个月的纪念日。他一边擦着眼泪思念母亲，一边伏在书桌上做暑假作业。

上午 9 点半左右，小兴华的房门传来“咚咚咚”三声清脆的敲门声：“田儿，你在家吗？我是你大舅，来看你了。”小兴华一听，是大舅那熟悉的声音。他赶快跑到房门口，拉开房门木闩，眼见一位个子 1.6 米左右、40 多岁的中年男子，戴着一顶光油斗笠，挑着一担竹箩筐站在门口。小兴华大叫一声“大舅舅”，扑到大舅怀里，一边哭，一边向大舅诉说他娘去世后度日如年的孤独生活。大舅张开那粗壮有力的双手，把小兴华紧紧搂在怀里。他看见外甥红肿的双眼，掏出小手巾帮小兴华擦眼泪，心痛地说：“田儿，不要哭，外婆知道你日子难过，听说你学校放暑假了，叫我专门来接你，到我们那里住两个月。”

从小兴华家到外婆家，有 30 多里路。先要翻过海拔 500 多米的熊首山，到辰溪县城汽车站，转乘 10 多里汽车到石碧人民公社（后为乡政府）下车，再走 10 多里田间小道到外婆家沃水塘生产大队（后称行政村）。大舅担心外甥年纪小，走不动，先到县汽车站购了 2 张客车票，坐班车到石碧，再走一段田间小道，直到下午 4 点多钟才到外婆家。

沃水塘村位于县城之南，坐落在童儿山，对门坡、大湾坡、阳岗 4 座不到 200 米的小山中间，两条小溪从东西和北南方向流过，一年四季潺潺流水，形成“七斗”和“八斗”二条垄，有几百亩优质农田，故得名“沃水塘”（当地俗称“摩暑塘”），养育着 100 多户上千号村民。这里自然条件较好，1958 年“大跃进”时期，村民们把童儿山发源的那条小溪拦腰切断，修了一条水库，叫“谭家垅”水库，保证了全村上百亩农田的灌溉。

小兴华外婆的家住在童儿山下田湾生产队（现为村民小组），处于村中间。田湾村有 10 多户人家，100 多号人，95% 都姓孙。10 多栋青色瓦房木屋隐藏在一片竹林之中，一株两三个人都抱不住的大白果树屹立在村子中央，夏天这里是全村人休息乘凉的好地方。

兴华外婆叫钟麻妹，60 多岁了，个子不高，1.5 米左右，佝偻着腰，眼睛凹下去了，村里人叫她钟娘娘。她人品正，心地善良，小孩到她家玩，她总要给一两粒水果糖，叫花子上门她总要抓一把米，不让空手走开。小兴华的外婆是穷苦出身，是一位苦命女人，丈夫孙加补新中国成立前因病去世，兴华出生以来没有见过。外公去世后，外婆带着一女三儿，“日出而作，日落而息”，克服各种困难，把儿女拉扯长大。大儿子孙叙兵、三儿子孙叙玉在家务农，二儿子孙叙同参加中国人民解放军，后转业在湘西吉首汽车站工作。外婆为三个儿子先后取了媳妇，完婚立业。对于唯一的大女儿孙宝珍出嫁，系经过媒人牵线，于 1946 年下半年嫁到县城不远的旧村田家。新中国成立了，穷人翻身得解放，外婆刚刚过上了安稳的日子，哪知不久，女婿田全仁又传来噩耗，1953 年 7 月战死在抗美援朝沙场。好在留下一根独苗田儿。1960 年 4 月下旬的一天，大女儿宝珍又遭不幸，过量误吃枇杷核中毒离开人世，对老人打击太大了。外婆经常以泪洗面，眼睛也哭肿了，伤痛至极。

此前 2 个月，兴华外婆得知女儿宝珍去世，本想自己亲自到田家见女儿最后一面，但因年纪大，眼睛不太好，路途遥远，行走又不方便，只好委托兴华的大舅、三舅去帮助料理后事。俗话说：“儿女是娘身上掉下来的一块肉。”兴华外婆常对人说：“我的外孙田儿是他娘身上掉下来的肉，他命运八字大，父亲战死不久，娘又去世了，13 岁就成孤儿，没娘教养，生活又不能自理，真作孽难受。”听说外孙田儿放暑假，于是派大舅去接了过来。

兴华的外婆把村里那栋 3 间青瓦屋分别分给 3 个儿子，自己搬到山脚下一栋土墙瓦屋里住。那天下午 4 点左右，大舅把小兴华送到外婆住的那栋土墙屋里。一进门，小兴华扑到外婆怀里，放声大哭，泪水直往下流。小兴华一边哭，一边向外婆诉说娘死的经过。外婆弯下腰，那粗糙的手从口袋里掏出一条小毛巾给小兴华擦眼泪，同情地说：“田儿，我遭难的外孙，脸蛋消瘦多了，不要哭，到外婆这里就好了，外婆给你煎两个你爱吃的白糖荷包蛋，补补身子。”一边说，一边从口袋里掏出一把老式铜钥匙，打开一个有三四十年历史的立柜门，取出两个土鸡蛋和一个玻璃瓶。外婆对兴华说：“那鸡蛋，是你大舅刚从上麻阳贩荒货换来的。”小兴华看见那玻璃瓶内的白糖已结块，像海盐一样变成一粒粒，不知放了多久。外婆要兴华坐下来休息一下，自己走到隔壁灶房生火煎蛋。一袋烟工夫，外婆把一碗热气腾腾的荷包蛋端到小兴华眼前。小兴华肚子饿了，不再客气，三下五除二，几口就吃完了。自从娘死后，小兴华已经两个月没有吃过这样的美味了。

小兴华从大人们的谈话中得知，新中国面临成立以来最严重的经济困难。外婆家虽然自然条件较好，农产品同样歉收。粮食供应标准和兴华老家一样，每人每天二三两大米。兴华到达的第二天上午，外婆专门走到厨房对大舅娘余清秀说：“余妹，我年纪大了，不吃那么多，把我的粮食匀一点给田儿吃，他正在吃长饭啰！”

兴华外婆家处于丘陵地区，山坡上的野菜、野味、山货种类多，比如竹笋、蘑菇、葛根、地枇杷等等，大都能食用充饥。大舅娘不时带小兴华到附近山上采摘一批野菜、野果，补充食品的不足。当时正逢早稻收割季节，稻谷黄了，同稻谷一起成长的稗子也成熟了。大舅娘说，稗子的成长与禾苗争水抢肥，被称为稻田里的害草，而成熟了的稗子小穗粒晒干磨成粉，煮熟搅拌成米糊糊或做成糍粑，都可以吃。于是，大舅娘带着小兴华到田里扯稗子穗，回来加工做成米糊糊、糍粑，补充口粮的不足。有时，大舅、三舅还带兴华到 20 多里外的老坡上挖葛根，做葛糍粑，保证小兴华能吃饱，不饿肚子。

当时，村里人听说蛇能吃，就到处抓蛇。外婆听后，对小兴华说："田儿，蛇那东西不能吃，如果吃蛇死后变成蛇，不能进堂屋，上不了神龛排位。"有一天，外婆从灶屋里悄悄端来一碗香气逼人的汤，交给兴华喝。汤碗内有几块肉样裹包的骨头，像鸡汤，又像排骨汤，还好像鸽子汤。小兴华感到奇怪，这过苦日子，外婆家还有这样美食佳肴，但又不好意思问外婆这汤是什么东西。小兴华饥不择食，便大口大口把那碗"鸡汤"喝完，感到非常爽。有一天半夜里，小兴华听见外婆床底下有"吱吱"的叫声，他急忙掀开被子，下床一看，一只几寸长的大老鼠在灭鼠夹板上挣扎。这时，外婆也点灯起来了，把那只老鼠取下来，剥下皮放进碗柜里。这时小兴华心里的疑团解开了，他那天上午吃的那碗"美汤"原来是"四害"之一的老鼠肉。

有一天上午，田湾生产队男女劳力，在王龙海水库下面"八斗"稻田里抢收早稻，小兴华和叫"钉螺"的老表在田里拾稻穗。中午休息时，扮谷（方言，打谷的意思）人回家吃中饭去了，小兴华发现扮桶（即打谷桶）角落里还有两三斤湿谷子没装干净，认为生产队扮谷的人不要了，就用小布袋装回家向外婆报喜。他以为外婆一定会表扬他。可是一进门，却遭到外婆劈头盖脸的批评，追问那半小袋谷子是哪里弄来的。小兴华只好如实交代。外婆听后严肃地对小兴华说："田儿，古人说'君子爱财，取之有道'，稻田扮桶里的谷子不管剩多少，都是生产队的集体财产，不经过生产队领导人批准，一粒也不能拿，你尽快把它退还原处。"一席话，讲得小兴华面红耳赤。他知道自己错了，二话没说，转头把那小半袋谷子退回原处。

兴华的大舅家养了几十只麻鸭。他完成暑假作业后，挤时间帮大舅放鸭。有一天上午，小兴华拿着一根一丈多长的竹竿赶鸭子到王龙海水库放鸭，一只领头麻鸭可能因为肚子饿了，路过一丘金黄色稻田时，直往里面钻。领头鸭一下田，其他几十只鸭也跟着钻进田里，有的吃田里的小鱼小虾，有的跳起来吃稻穗。小兴华见周围没人，也没有及时赶，直到每个鸭子吃饱了，他才把鸭子赶到水库里。晚上6点多钟，小兴华赶着那群麻鸭回家，也认为外婆和大舅一定会表扬他。哪知一到家，又遭到外婆和大舅狠狠的批评，说："稻田的谷子是生产队集体财产，我们要爱护它，不应该把鸭子赶到田里吃谷，这是损公肥私的行为。"第二天，大舅带着小兴华到生产队队部做检讨，交了罚款。外婆和大舅严格要求他的两件事，在小兴华心里留下了不可磨灭的印象，为他后来健康地成长打下了良好的思想基础。

两个月的假期转眼就结束了。外婆见外孙假期已过，没再挽留。临别那天上午，外婆打开她那个脱了漆的立柜门，取出一个小布包；打开小布包，又露出一个包钱的小手绢；打开一看，是1角、2角、5角和1元、2元、5元的人民币。外婆花了好几分钟才数出50元钱，递给小兴华，说："田儿，外婆老了，没什么能力，也没有什么东西送给你，这点钱是三个舅舅省吃俭用给我的零花钱，我舍不得用，转送给你做学费，用在实处。"小兴华看着白发苍苍的外婆，怎么也不肯收。外婆与外孙你推我，我推你，相互推让了好几个回合，小兴华没有办法才收下。大舅娘煮了 10 个鸡蛋，给小兴华带到路上吃。三舅娘把自己做种的 5 斤黄豆也送给小兴华了。田湾院子里的隔房外公、外婆听说小兴华要回家，都过来送行。这人拿几个红薯，那位送几斤土豆，还有的送一些鸡蛋和鸭蛋，一下子就有大半箩筐。住在童儿山坳上的余外公，匆匆忙忙赶到兴华外婆家，给小兴华送了 30 元作为第二年考初中的奖学金，嘱咐小兴华一定要好好读书，长大要像父亲一样，报效祖国，为外婆的田湾村争光。大舅把乡亲们送给外孙的东西，一件一件地清点登记好，连同小兴华书包和换洗衣服一起，放进自己那担竹箩筐里，挑着担子，牵着小兴华的手，踏上了返家的路。

1977 年秋，田兴华与大舅舅孙叙兵于岳阳楼合影

第二章　守望相助

一　小兴华吃上了国家粮

1961 年下半年，是我国三年经济困难时期的最后一年，小兴华的娘去世也有一周年了。这一年大地开始复苏，农村出现一线生机，原来生产队里的公共食堂撤了，各家各户回归自灶做饭，村里出现了袅袅炊烟。

一天上午，小兴华煮饭时放少了水，烧了一锅夹生饭。小兴华心里非常气恼，一气之下，拿起灶上的锅铲，在铁锅里一顿乱砸，半生半熟的白米饭在灶台上飞扬，灶台上白了，地上也白了。一顿乱砸之后，小兴华回到睡房，“扑通”一声，扑倒在床上大哭……这床是小兴华的娘去世时留下来的，如今空荡荡的房子里只剩他一个人。“妈妈，您这么狠心，我才 13 岁，您就撒手而去，把我一个人留在世上受罪。要是您活着，我也不会落到这种地步。”哭声一声高过一声，让人悲伤难受……

这时，传来“咚咚咚”三声敲门声。

“您是谁？”小兴华大声问道。

“我是辰溪县人民政府民政科的娄春生，是专门从县城来看望你的。”听到门外的声音，小兴华一骨碌从床上爬起来，擦干脸上的泪珠，急忙打开房门，迎接客人。

站在他家门口的是身材魁梧的娄春生，他身上披着一件黄色呢子军大衣，一看就像一位地地道道的转业军人。跟在他那后面还有两个人，前面的是小兴华熟悉的本村米世晚书记，另一位是20多岁的男子，肩上扛着一床白色的棉被，是娄科长带来的工作人员。小兴华热情地请客人进屋，搬来三把杉木小木凳，请他们坐下，然后给他们每人端上一杯白开水。米书记做过介绍之后，娄科长对小兴华说：“1953年9月，你父亲牺牲后，你和你母亲到我科领取遗物，我们见过一面。听说你母亲去年去世之后，你就成了孤儿，生活上遇到了不少困难。我们这次来你家，就是专门来了解你的情况的，并且把县人民政府发给你的抚恤金证和一床过冬的棉被送给你。”

民政科长娄春生（1986年照片）

娄科长话音一落，工作人员小张哥就把一个黄色封皮、上面写着“抚恤金证”的小本子递给小兴华，并告诉他：每月初，拿着这个证到县民政科可领6元钱的生活津贴。接着，小张哥又把一床白色的棉被和四件冬、夏装上衣，放在床上。3个人同小兴华寒暄一阵后，从睡房走到厨房，仔细地看了一遍。当发现铁锅被砸了一个洞，饭粒撒得到处都是时，很感惊奇。娄科长走到小兴华跟前，用右手抚摸着他的头，关切地说：“小田，你怎么啦？为什么把你家的锅子砸坏？还把米饭撒满一地呢？”见娄科长像慈父一般，一股暖流涌上心头，急忙用衣袖擦干脸上的泪水，像久别父母的孩子一样，一下子扑到娄科长怀里。他一五一十地向他倾诉，自去年母亲去世后，一个人孤苦伶仃，饭煮不熟，菜炒不香，早上 5 点钟起床，到 7 里之外的县城上学，傍晚 6 点多才放学回家，摸黑做饭，日子不好过，生活困难多……

娄科长是小兴华熟悉的干部。小兴华父亲牺牲的开初几年里，母亲经常背着他到县民政科领取抚恤金，大都是娄科长接待。听民政科其他同志说，娄科长也是辰溪县鼎鼎有名的战斗英雄和优秀转业干部。他 1930 年出生，山东人。解放战争时期是“万岁军”第 38 军 114 师的一名战士，参加过著名的塔山阻击战。在战斗中，大腿光荣负伤，身上至今留有敌人的弹片，被评为三等甲级革命伤残军人。1950 年抗美援朝战争爆发后，他又带着伤残上了前线。后来，组织上把他安排在辰溪县民政科任科长。他深知这个担子的责任，经常下基层到烈、军属和复员退伍军人家访贫问苦，受到大家的爱戴和好评，曾多次被评为全县优秀民政干部。1958 年，他同小兴华的母亲一道参加了湖南省军（烈）属、复员军人、退伍军人先代会。

娄科长对小兴华的家庭背景和现实状况很是了解。看见小兴华痛哭流泪的样子，他从口袋里掏出一条小手巾，将小兴华脸上的泪擦干净，然后从挎包里取出一个黑色的笔记本，把小兴华反映的困难，逐一记在本子上。娄科长一会儿弯下腰看看他家里的米缸，问村里每月给他发多少口粮；一会儿又走到他的床前，摸摸被子，问他晚上睡觉冷不冷。当听说这些年村里每天只供应小兴华 4 两大米时，娄科长动情地说：“一个 10 来岁长身体的小孩，4 两大米，怎么够吃啊！”离开小兴华家时，他再三嘱托身边的村支书，一定要好好照顾烈士的后代，让他长大成人，这样才对得起为我们今天的和平而英勇献身的革命先烈。

娄科长回到县城的那天晚上，翻来覆去睡不着觉。他想，小兴华的父亲田全仁为革命牺牲，去年小兴华的母亲又因病去世，小兴华的两个叔叔因小孩多，顾及不过来，作为党派来的民政干部，有责任、有义务照顾好这位烈士遗孤。

究竟怎样才能为这位烈士遗孤创造一个幸福安稳的生活环境呢？娄科长琢磨了好几天。他想，按照国家的政策，农村户口每人每天只供应 4 两大米，而城市户口每人每天供应 8 两大米。小兴华是一位烈士遗孤，无人照顾，如果向县里分管领导写个报告，把小兴华这一特殊情况反映上去，有可能会得到县领导的关注和批准，把小兴华的农业户口转为城镇户口。这样可以提高小兴华的粮食供应标准，基本解决这孩子的吃饭问题。娄科长打定主意，决心把这件事办了。

把一个人的农村户口转为城镇户口，说起来容易，办起来难。要过 5 关，第一过分管领导的关，第二过县公安局的关，第三过粮食局的关，第四过田兴华所在乡政府和村委会的关，第五过户口接收单位的关。多年的部队生活养成了娄科长说到做到、雷厉风行的作风。首先他加班加点，以县民政科的名义，向当时分管民政工作的副县长写出了报告，要求将水井乡志愿军烈士田全仁的儿子田兴华户口迁入辰溪县城关镇。报告中详细介绍了田全仁烈士在战场两次立三等功的情况，以及 1953 年 7 月 15 日在朝鲜上甘岭地区 432.8 高地战斗英勇牺牲的情景；接着介绍了 1960 年 5 月田兴华母亲因病去世，现家里无人抚养和照料的现状，提请县领导作为特殊情况给予照顾。当分管的副县长签字同意之后，娄科长又马不停蹄地跑到县公安局，请局里分管户籍的领导同志签了字。又亲自到 10 多里外的乡政府和田兴华就读的辰溪一中协调沟通。户口迁移手续办妥之后，娄科长比办自己的事还认真十倍，再跑到县粮食局，把田兴华农村供应的粮食关系转入辰溪县粮食局，通过县粮食局又把其粮食关系转入小兴华就读的辰溪一中食堂。

从辰溪县城关镇到水井公社所在地梨子溪，往返30多里，还要翻过海拔500多米的熊首山，爬越100多级台阶的百梯岩。娄科长作为大腿中过弹片的三等甲级伤残军人，所遇到的困难是可想而知的。那一天，娄春生科长办完田兴华从农村户口迁入城镇户口的一切手续，领着小兴华到辰溪一中后勤处，脸上露出了满意的笑容。分别时，他摸着小兴华的脑袋，再三嘱咐："小兴华你要好好读书，长大了像你父亲那样报效国家。"

二　在"政府儿""公家儿"的光环下成长

小兴华转为城镇户口之后，同学们看见他不但不用从家里带米交学校总务室，而且粮食供应标准比以前翻了一番。每逢换季，县民政科就把民政救济的衣服和棉被等送到小兴华手里，每月还按时发放6元钱的抚恤金。这些都是政府无偿供给的。班里的同学见了，戏称小兴华为"政府儿"，并用羡慕的口气开玩笑地说："还是'政府儿'好，什么都不用自己操心。"有些同学甚至叫小兴华为"公家儿"。

对于"政府儿""公家儿"这两个绰号，小兴华一开始从负面去理解，有时候恨不得和那些同学打一架。后来，经过反复思考，小兴华从正面理解，感到同学们叫他"政府儿"或"公家儿"也有一定的理由，无须计较。从此打消了与同学吵架的念头，尊重同学，友好相处，赢得了师生们的关心、体贴和爱戴。

有这样一件事，小兴华至今记忆犹新。1961年9月，也就是小兴华考入辰溪一中初一那年，学校从湖南师范学院分来了多名老师。其中一名叫徐建中，20岁出头，中等个子，虽然像一个男孩的名字，可是一位和蔼可亲、心地善良的女老师，老家常德，当时没有成家。学校对省城分来的老师很照顾，徐老师一报到，学校就把东头一栋两间的小平房分配给她住。有一天，徐老师从班主任彭焕琪口中了解到，田兴华与同学们一起住在学生宿舍，每到寒暑假，同学们都回家了，剩下小兴华一个人住在学生宿舍，空空荡荡，生活很不方便。徐老师很是不忍，一种对烈士后代的关心油然而生。她对彭焕琪老师说："我住的那栋房有前后两间，只有我一个人，可以腾出一间房子给田兴华同学住，一方面能解决他的住宿困难，另一方面也可以给我做个伴。"彭焕琪老师听后说："徐老师，您的想法很好，为小兴华同学分忧解难，但小兴华是一位男生，住在后面那间房里，会给您带来不便。况且，您住的那两间房并不宽敞，后面那间房子是给您做厨房的，没有多余的。"徐老师笑着对彭老师说："哪有什么不方便的？我一个人基本上在学校食堂就餐，不用厨房。再说，兴华同学的父亲是为我们今天的和平生活英勇捐

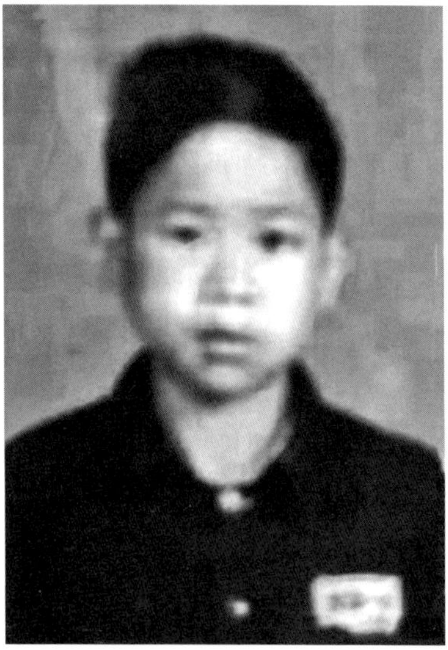

田兴华（1961年于辰溪县第一中学初一甲班）

躯的，母亲也不在世了。我作为兴华同学的老师，有责任和义务照顾他。就这样定下来吧！”

彭焕祺老师拗不过徐老师，同意了徐老师的建议。打那以后，每当放寒暑假，同学们都回家了，兴华同学就从学校宿舍搬进徐老师后面那间房子住。在初一那一年里，徐老师把兴华同学当亲弟弟看待，做了一点好菜，就叫兴华同学去打牙祭，改善生活。兴华同学的语文成绩较差，是错别字大王。有一次作文，兴华同学把“英明”写成了“阴谋”，她开始想狠狠批评他一顿，后来觉得兴华同学是一位没爹没娘的孤儿，态度又缓和下来了。她耐心地解释“英明”“阴谋”这两个词语截然不同的含义，说用得不好，会出大问题的。打那以后，兴华同学写作文更加注意用词，不懂就经常查字典、问老师，生怕写出错别字。徐老师来之前，兴华同学的语文成绩很少及格；在徐老师手把手的帮教下，兴华同学的语文成绩一天比一天提高。这一切为兴华同学打下了良好的文字基础。后来田兴华在部队成为一名优秀的新闻干事，转业地方后又担任杂志社总编，莫不与此有关。

徐老师不仅对兴华同学的语文学习帮助很大，而且对这位烈士遗孤的生活更是体贴入微。上课时，徐老师把兴华当学生；下课后，徐老师把兴华当亲弟弟。平时，每当星期日放假时，徐老师会做点好饭菜，叫上兴华同学改善伙食。有一次，徐老师看见兴华同学穿的一双鞋子，鞋面烂了，鞋底穿了，她就把自己穿的鞋子脱下来，让给兴华同学穿上。兴华同学穿着鞋子到教室上课，有的同学见了，指指点点地说：“你今天怎么穿了女人的鞋子？”徐老师发现后，特意做了说明。第三天，她领着兴华同学到辰溪街上一家百货公司，给他购买了一双合脚的男式胶鞋。同学们也不议论了。

一年多的相处时间里，徐老师对兴华同学关怀备至，给兴华同学留下了深刻而美好的印象，他更加敬重徐老师。1962 年下半年，徐老师在家乡常德师专恋爱成了家，组织上照顾夫妻关系，让徐老师调离了辰溪一中。离开辰溪时，兴华同学含泪将她送到汽车站，难分难舍。徐老师拉着兴华同学的小手，鼓励他好好读书，长大之后，像父亲那样为国效力。那一年放寒假时，兴华同学专程乘公共汽车到常德，几经辗转，看望徐老师。后来，兴华同学和徐老师保持书信往来，还珍藏着那双花色的布鞋。

兴华同学在辰溪一中读初中期间，班主任彭焕琪老师一直像亲哥哥似的关心照顾着他。彭老师 30 来岁，他的父亲系 1927 年大革命时期的中共地下党员，在马日事变中被国民党反动派杀害于株洲市。不久，他的妈妈因悲痛过度去世。从此，彭焕琪成了烈士遗孤。新中国成立后，党和政府把他拉扯大，在湖南师院读大学时，加入了中国共产党，毕业后成为一名教师，分配到辰溪第一中学任政治和语文老师，任兴华同学所在班的班主任。彭老师与兴华同为烈士遗孤，算是一根藤上的苦瓜，同命相连。由此，彭老师对兴华同学更有同情心和亲切感。兴华同学的班级农村学生多，家庭有困难的不少，班里每年评助学金时，彭老师每次总把兴华同学的名字放在最前面。在助学金甲、乙、丙、丁级次中，兴华同学每次被评为甲级，每学期拿 7 块钱的助学金。彭老师对兴华同学生活上关怀备至。有时候他妻子做点好吃的，他也会将兴华同学叫去一起吃。在学习上更是分外操心。自从徐建中老师调去常德之后，彭老师接替她，除担任班主任之外，又兼语文老师，一直把兴华同学送到初中毕业。其间，兴华同学的数学成绩较好，语文成绩稍差，彭老师经常利用休息时间为他开小灶补课。功夫不负有心人，在彭老师的帮助下，兴华同学经过刻苦努力，语文成绩也从班里排名20多名上升到前5名。1964年夏天，兴华同学以优异成绩被当时黔阳地区（现怀化市）名校黔阳一中录取。

考入黔阳一中，兴华同学非常高兴，却给彭老师出了个难题。他想，兴华同学是个烈士遗孤，是到黔阳一中还是继续在本校一中高中部就读？哪种方案对兴华同学更好，更有利一些呢？如果到黔阳一中，田兴华同学的烈士抚恤关系要从辰溪县民政科转入黔阳县民政科，手续比较麻烦，那里的老师对田兴华的家庭情况没有我们了解；继续留在本校高中部就读，有利于辰溪县民政科和学校师生对田兴华同学的照顾，利大于弊。于是，彭老师在征得兴华同学的同意后，决定到县政府民政科，找娄科长商量决定。彭老师曾犯小儿麻痹症，自幼左脚行走很不方便，一拐一拐的。从辰溪县一中到县民政科，虽然只有3华里，他花了整整一个小时，才到县民政科办公室。他一进门就开门见山地对娄科长说："娄科长，田兴华同学是我们班里唯一的烈士遗孤，生活来源全靠政府提供，在本校的日常生活靠我们师生共同照顾。初中三年来，我们对田兴华同学熟悉、相助，大家亲如兄弟，都舍不得这位同学。兴华同学这次升学考试被黔阳一中录取，如果到那里读书，烈士抚恤关系要重新转到黔阳县，不太方便，母校师生想关照他也鞭长莫及。我们征得田兴华本人同意，想把他继续留在辰溪一中的高中部就读。县民政科是田兴华同学的衣食父母，想征求你们的意见。如果同意，一切转学手续由我们学校来承办，看您意见如何？"娄科长听了老师的介绍之后，感到彭老师这个主意很好，当场点头赞许，拍板确定。

彭老师从县民政科回来的第二天，马不停蹄地乘车到黔阳一中帮兴华同学办好了一切转学手续。1964年9月下旬，兴华同学走进辰溪一中高一班的教室，开始了三年的高中学习生涯。

1966年下半年，毛主席接见全国优秀学生代表。兴华同学所在的班也要从45名学生里选出10名代表，到北京接受毛主席的接见。班务会上，大家一致认为田兴华同学是烈士遗孤，不忘本色，继承父志，在学习中刻苦认真，成绩名列前茅，在班里各项课外活动中吃苦在前，表现突出。经表决，全票通过推选兴华同学为优秀学生代表，赴北京接受毛主席的亲切接见。

兴华同学的中学时代，由于得到党和政府的亲切关怀、师生们的热情帮助，他在政治上不断成熟，在学业上不断进步，逐步从一个不懂事的孩子，成长为一名成熟稳重的青年。

三　特批入伍成为“特殊兵”

1967年10月上旬的一个星期天上午，辰溪一中锣鼓喧天，彩旗飘扬。操场主席台中央悬挂着巨幅毛主席半身画像，画像正上方是一条横幅，上面写着“辰溪一中1967年冬季征兵动员大会”。台上坐着10位嘉宾，着装整齐，精神抖擞，他们是学校和县征兵办的有关领导，还有4位穿草绿色军装的接兵部队首长。主席台两边悬挂着高音喇叭，不断传来《东方红》《歌唱祖国》《中国人民解放军进行曲》《我是一个兵》等军旅歌曲。台下数百名男女学生人头攒动，喜笑颜开，以班为单位列纵队形式排开。

上午9点整，年过半百的舒崇生老校长健步走到台中央麦克风前，宣布“辰溪一中1967年冬季征兵动员大会”开始，奏唱国歌后，身穿军装的辰溪县征兵办主任、武装部徐副政委作征兵动员报告。他说：“老师们，同学们，今天是无产阶级‘文化大革命’

以来首次征兵。目前，国际形势风云突变，我们正处在国际环境动荡不安的时代，帝国主义、修正主义亡我之心不死，在我国周围陈兵百万。没有一个人民军队，就没有人民的一切。要保证我国人民过上安稳幸福的生活，必须建立一支强大的人民军队。希望辰溪一中每一个适龄青年学生踊跃报名参军。”

县人武部徐副政委作完报告之后，益阳军分区独立营马德保副营长代表接兵部队发表了热情洋溢的讲话。他说：“中国人民解放军是保卫祖国的钢铁长城。军队要随时准备打仗，打仗要取得胜利，军队必须革命化、现代化、年轻化。部队实现年轻化，就要不断更换新鲜血液。俗话说‘铁打的江山，流水的兵’，老兵退伍，新兵入伍，是军队发展的自然规律。我代表辰溪县接兵部队热烈欢迎符合条件的辰溪一中热血青年学生踊跃报名参军，报效祖国。”

根据上级的命令，这次冬季征兵的对象，主要是年龄在 18 岁至 22 岁的男青年；征兵的范围是全县广大农村和城镇。为了加强军队现代化建设，这次征兵也在辰溪一中高中部征少量学生兵。学校征兵动员大会上午结束，高三班班主任梅清泉老师于当天下午在教室里再次进行动员，并给每个男生发了一张《应征入伍申请表》，要求趁星期天放学回家与父母商量，然后填写好表格中的所有内容，由家长签字，星期一回学校上课时，再交给班主任梅老师。

拿到申请表的那天晚上，兴华同学在集体宿舍里，翻来覆去睡不着觉，父亲的身影在想象里显现。一股学习父亲、继承父业、立志参军、杀敌报仇的热血涌上心头。这时，学校钟楼已敲响了熄灯的钟声。宿舍里鸦雀无声，一切静悄悄的。

他从被窝里钻出来，拿起枕头下早已准备好的手电、纸和钢笔，打着手电填写好梅老师下午发的那张《应征入伍申请表》，并含泪写下了《强烈要求参加中国人民解放军的决心书》。第二天一大早，他跑回老家新村，把申请表和决心书一起交给两位叔父看。两位叔父都是参加过抗美援朝战争志愿军的复员老兵，非常赞成和支持他参军，在家长签字这一栏上，认真地签了“同意”两个字，并分别落了他俩的名字。

征兵动员一星期之后，辰溪县征兵办政审组来到辰溪一中，对高中部各班已交《应征入伍申请表》的学生逐个进行政审。兴华同学家庭出身贫农，父亲是革命烈士，两位叔叔都是参加过抗美援朝战争的退伍老兵，本人是班里干部，政治表现和学习成绩优等，又是1966年毛主席亲自接见过的学生代表，政审工作很快过了关，只等下一步参军前的体检。

这次辰溪县征兵范围广，名额多，全县征兵任务有580多名，农村和城镇都有名额分配，兵源去向为湖南省军区所辖部队。为保证全县新兵质量，县城内凡政审合格的适龄青年，都在县体检中心集中体检。体检中心设在县总工会办公室一楼和二楼，20多名体检医生大多是从县城各大医院临时抽调来的，有几名随军军医进行业务指导，不做具体体检。

体检前，兴华同学对自己的身体状况有一个初步的评估，认为内外科、五官科没有多大的问题，有点担心营养不足，身高达不到要求。他有点忐忑不安。

体检那一天，兴华同学“过五关斩六将”，内外科、五官科等项目，一路顺风顺水通过。下午4点半钟，最后一关测量身高时，发现身高只有1.55米，距当兵最低标准1.6米还差0.05米。医生在体检表身高那一栏里写上“不合格”三个字。兴华同学担心的事还是发生了，顿时，他的脸色唰的一下由红变白，他急忙向体检医生求情说：“医生，我是烈士遗孤，父亲 1953 年在抗美援朝战争中牺牲了，我想当兵为父亲杀敌报仇，望您高抬贵手，放我一马。”那位医生用同情的眼神看了他一眼，说：“小田，我是体检医生，只能例行公事，实事求是，你有什么要求，可向县征兵办和接兵部队首长反映。”

体检结束之后，兴华同学闷闷不乐地回到学校。当兵的梦想就要破灭了，头上像浇了一瓢冷水。当晚，半夜过后，他又梦见了父亲牺牲的情景，他听到父亲牺牲前不停地呼唤：“宝珍、兴华，打完这一仗，我就回来看望你们……”

兴华在梦里被父亲的叫声惊醒，汗水湿透了内衣，泪水不由自主地往下流，一股要求当兵为牺牲父亲报仇的强烈愿望，再次涌上心头。这时，他回想起 7 年前，母亲给他留下的白色小布袋，那是 1953 年初祖国赴朝慰问团赠送他父亲的。袋面印着“抗美援朝，保家卫国”8 个大字，袋内装有毛泽东主席署名给父亲田全仁的《革命军人牺牲证明书》，有父亲在淮海战役、渡江战役和抗美援朝战争中用鲜血和汗水换来的 4 枚纪念章和军功章，还有盖着华东军区政治部和中国人民志愿军总政治部关防大印的 2 本三等功证明书和 2 大张立功喜报。7 年来，兴华同学像爱护自己的生命一样，完好无损地存放在妈妈留下的那只橘黄色的皮箱里。兴华同学想起这些遗物，顿时精神大振，他想把这个“宝贝”展示出来，为实现当兵入伍的强烈愿望派上用场。

兴华同学兴奋不已，他一骨碌从床上爬起来，穿上衣服，早饭也顾不上吃，背上挎包，翻过海拔 500 多米高的熊首山，来到自己家里。他打开妈妈留下来的那只皮箱，取下那个“宝贝”小布袋，把父亲留下的遗物，一件一件清理好，小心翼翼地装进自己的挎包里，然后直奔接兵部队首长住地——辰溪县人民政府招待所。负责征集学生兵员的马副营长和易指导员住在县政府招待所一栋一楼的第一间客房里。兴华同学见房内没有别人，便冒昧走进去，向两位首长恭敬地行个学生举手礼，激动地说："首长，我叫田兴华，辰溪一中高三学生，又是烈士遗孤。父亲 1953 年 7 月 15 日在朝鲜金城反击战中，进攻 432.8 高地光荣牺牲。1960 年我娘因中毒去世，我成了'公家儿'，是国家把我养大成人。现在强烈要求参加中国人民解放军，子承父业，在战场上多杀敌人，为父亲报仇。望两位首长批准我的申请。"说着，他从口袋里掏出重写的《强烈要求参加中国人民解放军申请书》，交给马副营长，又从挎包里轻轻地拿出白色小布袋，细心展示了烈士证、立功证、立功喜报、纪念章、军功章等。面对两位接兵首长，他一把鼻涕一把眼泪地诉说前几天体检时因个子稍矮，被体检组医生刷下来的事，心情激动："我是一名烈士子弟，父亲在抗美援朝战争中被美国鬼子杀害。美帝国主义与我有杀父之仇，是不共戴天的敌人，我强烈要求参军，保家卫国，多杀几个美国兵，为父亲和志愿军烈士报仇。"

马副营长热情地给他倒了一杯热茶，认真听取了他的诉说，并仔细查看了桌面上摆放的珍贵遗物和那份当兵申请书。他转过身去与易指导员商量。两人都觉得，这是一个当兵的好苗子，父亲是革命烈士，政审合格，体检其他项都合格，只是个子矮一点点。身高欠达标应当没多大关系，现在他还年轻，到部队以后还可以长高。他当兵的事，还可以再研究一下，特殊情况列入特批才行。两人商定后，马副营长面带笑容地告诉兴华同学，把那些遗物收拾好，到县照相馆拍照，照片给接兵人员；至于愿望可否实现，回去等消息！

兴华同学实现应征入伍的愿望，得到多方相助。他访问接兵人员的第二天，易明清指导员专程到辰溪一中，在高三班召开有关老师和同学的座谈会，了解兴华同学在学校的表现。座谈会上，大家一致反映，他是一位好学生，年年评为优秀。1966 年还被推荐为学生代表，在北京受到过毛主席的亲切接见。兴华同学助人为乐，经常利用休息时间做好事，帮助班里和学校出黑板报，被大家尊称为闲不住的“长工”。

1967 年 10 月下旬的一天晚上，辰溪县人民政府招待所二楼会议室里灯火通明，座无虚席。县征兵办最后的定兵会在这里召开。湖南省军区步兵第一团，益阳、常德两个军分区的独立营接兵部队首长以及县征兵领导等 20 多人参加了这次定兵会。全县 500 多名新兵在这里最后审定，辰溪一中 5 名学生兵也在这次审定之中。当审定兴华同学时，马副营长和易指导员把随身携带的兴华同学父亲留下来的烈士证、立功证、纪念章和立功章的翻拍照，摆放在桌面上。他俩陈述了接收田兴华同学这个“特殊兵”的理由。听完马副营长和易指导员的情况介绍，参加定兵会的成员认为，田兴华是革命烈士子弟，从小失去父母，在学校表现好，是一个根正苗红的好青年。经过讨论，同意马副营长和易指导员的意见。就这样，兴华同学作为一名“特殊兵”，被拍板定下来了。

1967 年 11 月上旬的一天上午，兴华同学穿上草绿色新军装，回到老家。叔叔和婶娘见了他，笑得合不拢嘴，竖起大拇指，赞扬说：“兴华真像他爸爸，全仁哥又回来了。”3 天后，全县 500 多名新兵穿着新军装，肩背背包，斜挎挂包，整装出发。大队伍分别从县城中南门码头上汽车轮渡，离开县城。那天人山人海，锣鼓喧天。人群中，兴华的两位叔叔、班里的老师和同学热情相送，含泪道别，依依不舍地嘱咐：“到部队，要听首长的话，要求进步，将来像你父亲一样，成为保卫国家的英雄。”

四　当兵半年，加入中国共产党

田兴华经过湖南省军区新兵团3个月的训练，同108名辰溪新兵一起分配到湖南省益阳军分区。1968年2月的一天下午，队伍到了军分区所在地——益阳市桃花仑。大家安顿下来后开玩笑，今年的辰溪新兵是雪峰山的108好汉，会大显身手的。独立营一连驻守在军分区附近的大海棠，增加了20多名辰溪新兵。

田兴华当初离家时，从头到脚都换上了新装，草绿色的衣帽和解放鞋，显得格外神气。他随身携带的物品，是娘留存的两件。一件是他娘1958年出席湖南省烈属、军属和复员、转业、退伍军人建设社会主义积极分子代表大会纪念册，加上大会领导同志与娘合影的那张泛黄的纪念照片；另一件是属于他父亲牺牲后由娘保管的遗物，即内装有烈士证、立功证书与勋章、纪念章的那个白色小布袋。他把这些物品整理好，又加个布袋装起来；为防汗水和雨水，在袋子外面又套了一层塑料皮。那时候，新兵入伍限制携带手提袋、行李箱等用具，发给每人一块长3尺、宽2尺的白布包袱皮，让战士们将换洗衣服及重要物品包起来，再打进行军背包里。兴华自觉照着做，比他生命更重要的那个布袋，时时刻刻地保存在自己的行军背包里。新兵训练结束那天，他同战友们一道进入了益阳军分区独立营一连驻地——大海棠。

一个星期天上午，连队放假，战友们都上街玩去了，宿舍里只剩下兴华一个人。这时兴华想起了父亲和母亲，坐在床上发呆。他不由自主地把随行的白布包打开，取出内里那个小布袋展开翻阅。他重温父亲的戎马生涯，取出中国人民志愿军总政治部颁发的立功证书，被第二页“立功简历”吸引住了：

姓名：田全仁

参军时间：1947 年 2 月

部队番号：24 军 74 师 222 团 1 营

职务：一营供给员

籍别：湖南辰溪

政治面貌：1948 年 8 月入党

立功等级：三等功

立功时间：1952 年 11 月

兴华再度领悟到，父亲不仅作战勇敢，先后 2 次荣立三等功，1 次四等功，而且政治上要求进步，入伍一年多就加入中国共产党组织，成为党的人。自己是父亲的儿子，血管里流淌着父亲的血，一定要向父亲学习，真正成为父亲美德的传承人，立志争取早日加入伟大、光荣的中国共产党，成为其中一员，全心全意为人民谋幸福。

田兴华（1968 年，益阳军分区独立营第 1 连战士）

心想即行。兴华从军用挂包里取出笔和纸，搬来小木凳，端坐床沿，怀着激情向连队党支部写了第一份入党申请书。后来得知，这是连队 20 多名新兵第一封申请书。申请书是这样写的：

我叫田兴华，是独立营一连一排一班战士。我的家庭出身很苦，解放前，靠爷爷在亭子里开一个小茶馆挣点小钱，父亲给地主做长工、做零工，来维持全家 7 口人的生活。父亲田全仁，1947 年 1 月为躲壮丁出逃，同年 2 月在江苏徐州参加中国人民解放军，参加过孟良崮、渡江、解放福州等战役。1952 年 9 月入朝参战，1953 年 7 月 15 日在金城反击战中不幸光荣牺牲；1960 年母亲因病去世，从此成为孤儿。是中国共产党和党所领导的人民政府把我拉扯长大，培养成人。没有共产党，就没有我的今天，我强烈要求加入中国共产党组织，拥护党的纲领，遵守党的纪律，执行党的决议，保守党的秘密，接受党的考验，望党组织批准我的申请。

申请人：田兴华

1968 年 2 月 25 日

兴华同志把第一份手写的申请书折叠好，装进一个信封里，封面上写着易明清指导员亲收。晚上，趁易指导员办公室没有其他人，兴华亲手递上了那个信封。

易指导员打开信封，取出兴华同志写的申请书，仔细看了一遍说：“兴华同志，你要求进步，写申请加入中国共产党组织，值得表扬。但是，共产党是有章程的，党员是有条件的，不是谁想进就可以进的。申请入党的人要有突出表现，平时要不怕吃苦，战时要冲锋在前。要像张思德、雷锋那样，全心全意为人民服务，你能做得到吗？”指导员话音刚落，兴华坚定地回答说：“一定尽力做到，望组织上看我的实际行动，我愿意接受组织的考验。”接着，易指导员又对兴华说：“入党要有两个介绍人，我可以当你第一介绍人，还会在连队党员中再定一名介绍人。”兴华愉快地答道：“指导员，谢谢首长关怀，我愿意接受组织的考验。”不久，连长童德华成为第二介绍人。

交了申请书之后，兴华认真学习《中国共产党党章》，坚定理想信念，自觉参加党支部组织的党课教育活动，按照易指导员谈话的内容去做，以张思德、雷锋为榜样，以共产党员的标准要求自己，在行动上实践自己的诺言。言必行，行必果。兴华有几件突出事迹在连队树立了很好的口碑。连队有一个可以容纳100多人的食堂，全员吃饭和政治学习都在这里举行。食堂正对面有一块50多平方米的白色墙壁，平时空空荡荡，少一点政治气氛。他为积极宣传毛泽东同志革命实践和毛泽东思想，向连队党支部提出请求，想在那墙壁上增添一幅毛主席去安源的油画。这一建议很快得到了连长的批准。这也正好可以发挥自己擅长作画的特长，于是田兴华用个人的津贴到街上买来油彩颜色、油画笔、九宫格等画画工具，请人相助，在一个多月内用业余时间完成了这幅油画。毛主席栩栩如生的光辉形象展现在全连指战员眼前，得到了干部、战士以及上级首长的一致好评。有人赞扬说：“兴华是一个能写会画的学生兵！”

兴华念念不忘是烈士之子，要像父亲那样认真学习，刻苦训练，勤奋做好事。他的大叔田全义在家时经常讲起部队英勇战斗的故事，并且说：“战争是残酷的，也是磨炼人的。像你父亲在营部当供给员，应当特别能吃苦。当年过鸭绿江之后，供给人员要背70斤重的物品，有的背一口做饭的大铁锅，有的挑着不少的炊具。部队行动中，天上有飞机，山里有特务，炸弹漫天飞。白天不能行军，都是走夜路、山路。你父亲管理的炊事班每次都要提前一个小时出发，预先到达目的地埋灶做饭，烧开水供给洗脸、烫脚等。面对种种困难，你父亲和战友们一不怕苦，二不怕死，动脑筋、想办法，争取胜利。那 20 多天行军千多里，你父亲再一次荣立三等功，证明他是好样的。”大叔的这些话，时常在兴华耳边回响，成为鞭策他力求进步的动力。

在独立营 1 连的一年里，兴华以父亲的英勇事迹为榜样，严格要求自己，积极表现，多出成绩。射击训练考证视力和“三点一线”技术，他的成绩不是优秀就是良好；投弹训练中由于个子矮，手臂力气差，难以达到标准，于是就向投弹能手请教，将沙袋绑在手臂上，利用橡皮带和弹簧练臂力，经历 2 个月的艰苦训练，使投弹成绩达到了优秀。他平时常想父亲功德，积极向雷锋同志学习，一有空就为连队多做好事。利用休息时间为连队办黑板报，表扬连队的好人好事。连队的厕所以班为单位轮流打扫，可是他在晚上就把扫帚藏在床底下，次日凌晨在大家还未起床，就提前把厕所打扫得干干净净。星期天战友们上街玩去了，他利用自己的休息时间，帮助战友们洗衣服、鞋子等。连队坚持在营房周围放哨，以排为单位依顺序排班轮流站哨，每人站哨时间 1 小时。有时候，看见战友们训练非常辛苦，兴华就主动顶班，经常帮战友顶哨。有一天晚上，兴华同志从 10 点钟站到第 2 天 6 点吹起床号，那几位应该站哨而没有出场的战友个个惊呆了，对他埋怨说：“为什么不叫醒我去站哨？把你的身体累坏了，怎么办？”他笑着回答说：“我年轻，累不坏，大家进行了强行军，辛苦了，让你们多睡会儿。”兴华的突出表现，战友们看在眼里，记在心上，年底连队评“五好战士”时，他获得全连全票通过。

1968 年夏季的一天，益阳军分区独立营突然接到与岳阳军分区独立营对调的命令，规定第 2 天立即执行。全营干部战士人车马炮大搬家，全副武装步行到长沙，再乘火车到岳阳某地。部队出发时，除了各自背负的枪械、衣被外，每人要携带 4 枚手榴弹和3天的粮食，加起来有七八十斤。益阳到长沙100余里，规定3天内抵达。沿途还要进行各种防空、遭遇、侦察等实战化训练，行程特别辛苦。兴华个子虽小，但很能吃苦。连长、指导员交给他行军途中进行宣传鼓动的任务，他组织4个战友宣传小组，沿途行军，一边收集好人好事，一边将事迹编成快板、三句半、顺口溜、小演讲等，把300多人的行军队伍搞得红红火火，士气十足，大家忘记了疲劳和辛苦，齐装满员地到达目的地。

回想起来，行军途中搞宣传鼓动是件极辛苦的事，除了扛自己70多斤的东西，还要带上快板、锣鼓等宣传工具。宣传鼓动开始时，几个人要赶到部队最前头，宣传完成以后变成部队最末尾，又再往前赶。连队有一个叫黄大学的新战士，湘西人，个子和兴华差不多，他走不动，有时掉到连队的最后面，兴华看见了就主动把他的枪拿过来，放在自己的肩膀上。战士们纷纷竖起大拇指为他点赞。

4天后，部队顺利地到达岳阳某地。当天晚上，兴华不怕辛苦，不怕劳累，热心帮战友们打水洗脚、挑血泡。同部队一起行军调防的马德保副营长沿途看见他总是精力旺盛，汗流浃背，心疼地说："小田，好样的，但要注意休息，别累坏了自己的身体。"一些了解他的战友，竖起大拇指赞扬说："真不愧是革命烈士的后代，从他身上可以看见他父亲当年那股冲锋陷阵的精神。"在部队调防的总结大会上，马德保副营长代表营首长给田兴华记1次三等功，这是他入伍后第一次获得的最高荣誉。这期间，他又被岳阳军分区和岳阳地区评为"学习毛主席著作积极分子"和"学雷锋标兵"，在当时的岳阳地区巡回讲演。

1968年9月的一天，一连党支部书记、指导员易明清组织召开了调防后的第一次党员大会。16名党员全部到会，专题讨论了田兴华同志入党问题。他说："我连一排一班战士田兴华同志，今年2月从新兵营分配到我连，就向党支部提交了入党申请书，由我和童德华两人做他的入党介绍人。根据我和童德华同志半年来的考察，发现他入党动机正确，工作积极主动，吃苦耐劳，在连队各方面建设中都表现突出和优秀，具有先进性。根据《中国共产党党章》的规定和要求、本人的申请，以及我和童德华多方面、长时间的考察，认为该同志符合共产党员标准，愿意介绍该同志入党。现交党支部大会讨论，望大家充分发表意见。"参加大会的党员都发表了各自的意见，一致认为：田兴华同志符合共产党员的要求，举手通过了入党介绍人易明清、童德华两人的建议，批准田兴华加入中国共产党组织，待连队支委会和营党委的审批确定。当时，入党没有预备期，半个月后，易指导员正式通知田兴华同志，经连队支委研究和营党委审批，同意他正式入党，成为中国共产党党员。

2019年，田兴华拜见入党介绍人、老指导员易明清（右）

五　从连队文书到省军区副团级干部

田兴华入党以后，成了党的人，把一切包括生命都交给了党。在军营里，他以父亲的品德激励自己不断前行。部队调防离开益阳后，所在连驻防岳阳市郊芭蕉湖军垦农场。芭蕉湖是东洞庭湖的一个内湖，水面上千亩，碧波荡漾，湖的周围有 200 多亩水田和旱地，称为军分区农场。独立营 1 连、2 连除完成战备训练外，还要承担这些田地的耕耘管理。而东洞庭湖是湖南血吸虫重灾区，省血防研究所就设在岳阳市。每当人们读到毛主席那篇《送瘟神》诗词时，就想到可怕的血吸虫病。但兴华不怕它，父亲在朝鲜战场死都不怕，这里小小血吸虫怕什么？那几年，每当稻谷成熟的收割季节，也是秋季防汛抢险的关键时期。外湖水倒灌到内湖，上百亩金黄色的稻谷一夜之间淹没在湖水中。为与老天爷抢粮食，连里领导号召指战员下水抢割稻谷。连长一声令下，全体出动，在共产党员、共青团员和积极分子的带领下，战士们也跳下水中，把成熟的稻谷一把一把抢割出来，送到地势高的地方。每次行动，兴华总是奋不顾身地带头干，跳下齐腰深的水田中，忙个不停，成绩显著。秋收后，营党委在全营总结大会上给他予以“通令嘉奖”。

驻防芭蕉湖不久，兴华入党时第一介绍人易明清指导员荣升为独立营副政委，第二介绍人童德华连长因年纪偏大，转业到湖南省司法厅某监狱管理所工作。上级从野战军派来了新连长和新指导员，连长叫卢超勇，指导员叫魏展培。在新老连领导交接会上，老连长和指导员特别告知，田兴华是志愿军烈士遗孤，表现突出，提请新任连长、指导员将他列为重点骨干，多加帮助和培养。当时规定，战士提拔为班长，要营党委任命；提拔为排长以上干部要军分区任命。1968 年 7 月的一天，营党委颁发命令，兴华从一连一排一班战士提升为连部文书，相当于班长级别。上任那天，指导员魏展培找他谈话两个多小时，告知文书是连队的“大管家”，主要负责连部通信员、司号令的管理，平时承担全连战士、班长的人事档案保管和枪支弹药登记管理，起草连队相关文书，负责组织连队通讯报道工作。兴华与老文书交接时，对全连战士、班长的文档、武器、弹药等有关财产，逐一清点核实造册。魏指导员亲临现场监交，亲切地对兴华说：“文书还要兼做连队秘书工作，是支委会的记录员。要做好连队的保密工作，不该说的，绝对不能说。”

连队的安全是大事，不可马虎。有一次，全连在营地附近一个荒坡上进行实弹投弹作业。要求全连 100 多名战士每人投一枚实弹，手榴弹每爆炸一次，兴华担负记录，根据响声做出登记，最后报告结果。投弹作业结束以后，兴华发现手榴弹爆炸的响声数与弹药箱实际拿出的手榴弹数量不相符合，少了一枚。卢连长对此非常着急，想到前不久，安化县中队因为一名没评上“五好战士”的新兵闹情绪，动用冲锋枪造成全军有名的“安化中队”事件受到全军通报批评的教训，对照本连队也是刚刚评选完“五好战士”，便担心没评上“五好战士”者闹思想情绪，引发大事故。于是进行了紧急核查。田兴华认真执行卢连长的指示，深入班排，组织战士自查和互查，并耐心细致地做好思想工作，最终发现一个姓黄的战士，因没评上“五好战士”，一时想不通，把那枚手榴弹藏起来了。兴华立即把这个情况报告了连长和指导员。连队领导采取有效措施，让那位战士主动把手榴弹交到连部，从而堵塞漏洞，避免了大的事故发生。

宣传报道工作是兴华的重要任务。把连队的好人好事宣扬出去，鼓舞士气，增强战斗力，不能怠慢。1969 年夏的一天，连队来到芭蕉湖旁的红光村，参加助农劳动。中午休息时，一排战士陈玉喜，发现一位民兵既要自己出工，又要帮助一位老大娘挑水，便打听是怎么一回事。民兵告诉陈玉喜，这位烈属老大娘，儿子在抗美援朝前线光荣牺牲，家中缺乏劳动力。陈玉喜得知后寻思，民兵的生产忙事儿多，抽身帮助烈军属不容易，现在连队住在附近了，可多做好事。于是小陈同排里几位战友商量，决定成立“爱民小组”，把爱民、助民的担子挑起来，自己动手制作“爱民工具”，制定制度，轮流为烈属老大娘挑水、打柴、洗衣服。有一次，连队执行紧急任务，返回已经晚上 9 点钟了，天气很热，又下着倾盆大雨，陈玉喜想起当天还没有给烈属老大娘挑水，便穿上雨衣，顶着风雨，挑着一担水送到大娘家。大娘见了很激动，一边拿着毛巾递给陈玉喜，一边心痛地说：“孩子，这么晚了，风雨这么大，还来做好事，真是辛苦了。”陈玉喜笑着说：“大娘，今天没给您挑水，我睡不着觉啊！”大娘感动得不知说什么好。陈玉喜后来退伍了，排里人员换了，帮大娘挑水的事没有停止。田兴华闻知后认为，这件热心助民的事情生动感人，值得发扬光大。于是连夜挑灯作战，写了一篇《爱民水桶》的稿件，向报社投稿。不久被广州军区《战士报》头版采用，引起强烈反响。后来，《战士报》先后发表了兴华报道的若干作品，如《舍己救亲人》《加强连队的武器管理》《常德丝弦演唱词：风雨征途》等。由于在连队文书的岗位上业绩突出，特别是连队通讯报道工作有所创新，战友们开玩笑地叫兴华为“田秀才”。1969 年 10 月，他被独立营党委任命为营部书记。他成为这个营辰溪籍入伍的 108 名新兵中提升为排级干部的第一人。

兴华调到营部的第一天，发现副政委易明清分管营机关工作，是他的直接领导。兴华与老首长朝夕相处，倍感亲切。那天，易副政委受营党委委托找兴华谈话，详细地介绍了营部书记的职责、任务和工作要求。易副政委说：营部书记不同于地方党组织的书记，权责没有那么大，但名为书记，就是营党委的秘书，可列席党委会，做好营党委、营机关会议的记录，对秘密要守口如瓶；要起草营党委各种文件和营首长各种命令、规定；经常跟随营首长下基层调查研究，同时要注意收集基层连队的情况以及好人好事；除完成营部书记工作之外，还要挤时间组织全营通讯报道，多向《解放军报》、广州军区《战士报》以及地方报纸、电台投稿，力争每个时期都能看到省以上新闻单位有我们营里的宣传报道。兴华牢记于心，勤劳耕耘，任职一年，除了完成本职工作之外，个人在省以上报刊、电台发表稿件50多篇。这些成绩是组织的培养，也是自己勤奋劳动的结果。当时的岳阳军分区政治部宣传科科长夏惠清和副科长叶培豪发现后，专程去独立营调研，与营领导沟通“挖人”。1973年7月，一纸命令把兴华调到岳阳军分区宣传科任专职新闻干事。

从基层业余通信员到军分区专职新闻干事，职责强化，业务提升，有一个转化的过程。为了尽快提高兴华的业务写作能力，领导把他送出去培训，到广州军区政治部宣传部新闻科和新华社广州军区分社联合举办的专职新闻干事培训班学习半年。由专业的名记者系统地讲授新闻写作专业课，并下派到各野战军、省军区进行实地采访。他通过学习，提高了军政素质和专业水平，对新闻消息、通讯、评论、杂文、调查采访等知识有了较好的认知和实践。返回工作岗位后如虎添翼，不断给自己压担子，不论哪种体裁，每天都要写一篇稿件，投到报社，宣传科的同志称赞他是新闻报道工作的“拼命三郎”。

平江县有一位离休老红军叫喻杰，他参加过著名的平江起义，离休前是原财政部一位高级干部。20 世纪 70 年代初，喻杰离休之后不住北京，两袖清风地回到平江老家连云山一个偏僻的山村定居。为改变山区的落后面貌，他掏出自己多年的积蓄，帮助家乡修建了一座水电站，给山区带来了光明。在村里，他还掏钱供贫困学生上学。自己一把芭蕉扇用了很多年也舍不得丢。喻老用松木条做的小木凳子，一坐就是上十年。1977 年夏的一天，受人民日报社特约，兴华陪同省军区宣传处一位新闻干事前去采访组稿。这对于兴华来说还是第一次，任务重，要求高，时间紧。为了把素材调查搞扎实，他俩先后与喻老同吃同住 15 天，发现他不忘初心，生活简朴，对后代要求很严，把节约下来的钱给穷人的孩子读书，感人的事迹说不完。他俩回到县招待所后，不分昼夜，连续加班 5 天 5 夜，完成长篇通讯《晚霞映红了连云山》的特约稿件。第 6 天早上，兴华由于疲劳过度，加上采访中有点感冒，发高烧至 41 摄氏度，并引发了睾丸发炎，突然头晕地转，不省人事，倒在厕所里。一同采访的那位省军区干事连忙把兴华扶起来，送到平江县中医院抢救后，才逐渐苏醒过来。岳阳军分区政治部的领导得知此消息，及时向省军区求助，长沙陆军 163 医院也派专家来平江县中医院会诊。由于抢救及时，兴华脱离了危险并日渐康复。不久，那篇《晚霞映红了连云山》的稿子在《人民日报》第三版以大半个版面刊登，社会反响强烈，兴华的脸上也露出了微笑。在岳阳军分区宣传科 4 年间，兴华每年在《人民日报》《解放军报》、中央电台等中央和省以上报刊、电台发稿 300 多篇。湖南省军区、广州军区政治部先后两次在岳阳军分区召开新闻报道现场会，表彰田兴华为军分区新闻工作所作出的贡献。1977 年和

1979 年，岳阳军分区政治部给他荣记两次三等功。

1976 年 4 月的一个星期天，阳光灿烂，天气宜人，广州军区新闻科和新华社广州军区分社两名记者要去岳阳君山农场采访民兵工作，军分区晏副参谋长和兴华等几位干部陪同前往。跨过东洞庭湖，唯一的交通工具是两艘机帆渡船。下午 3 点钟，采访工作圆满结束，大家乘坐载有 100 多人的机帆渡船返回。40 分钟左右，机帆船靠近岳阳楼码头。船老大将一根 5 厘米粗、10 多米长的麻绳摔向岸边，拴在一个木桩上，又与另一名船工一起把一块长 10 米、厚 5 厘米的跳板从船头送到岸坎上。恰在这时，有人大喊“有人落水了，救命”。只见一位姑娘在湖水中一上一下，时沉时浮，使劲挣扎。正在排队下船的田兴华见此情景，心急如焚，拼力挤出人群，一个“老虎扑食”纵身一跳，扎入湖中，凭借从小在沅水河边养成的好水性，游向那位姑娘，几经努力，把姑娘营救上岸。在场游人大加赞赏。带队的军分区副参谋长晏文华看在眼里，想在心上。回到军营的当天晚上，晏副参谋长亲自动手，挑灯夜战，写了一篇 1000 多字的《新闻干事勇救落水女学生》报道稿，湖南电台和《战士报》予以播放和刊登。

为了表彰兴华继承父亲遗志，积极工作和舍己救人的精神，1979 年单位将他评为学雷锋、学毛主席著作积极分子，让他在岳阳地区巡回演讲。同年他又光荣地参加了岳阳军分区第四次党代会。1980 年 8 月，33 岁的他作为年轻干部，被提升为中国人民解放军平江县武装部政工科科长。在平江县工作的 4 年间，他在武装部党委和首长的领导下，团结全科同志做好政治思想工作，开展学雷锋、学“硬骨头”六连的活动，被评为湖南省军区和广州军区“双学”先进单位，出席了广州军区“双学”先代会，受到时任中央政治局委员、广州军区司令员许世友的亲切接见。1984 年 10 月，田兴华荣调湖南省军区政治部党史办工作。不久，被提升为副团职干事。在 18 年的军旅生涯中，由于各级党组织和首长的培养教育，田兴华一路顺风顺水，健康成长，不断为烈士后代增光添彩。

田兴华（1985 年，任湖南省军区政治部党史办副团职干事）

六　前行路上得益于贤妻

1972 年初夏的一天，田兴华刚到岳阳军分区独立营担任营部书记，接到去岳阳机床厂帮助训练基干民兵的通知，同去的还有营部的一位参谋。出发前的两天，《人民日报》刊登了号召全国工厂企业“走上海机床厂道路”的新闻，他对“机床厂”三个字印象特别深。岳阳机床厂是地区较大的企业，有上千名工人、100 多名基干民兵。这次民兵训练，由他与营参谋担任军训教官，任务较重。他在连队时，当过战士、文书、排长，军事技术过得硬，组织民兵训练是拿得起的。那天上午，100 多名基干民兵在厂篮球场集合完毕，厂里民兵连长向教官敬礼、报告并请示开训，实施科目正常进行。一次集合演练时，队伍前排一位长得秀丽白皙的女民兵，把兴华给吸引住了。她虽然穿着机床厂的服装，但一米六几的个子苗条挺拔，瓜子脸白嫩透红，大眼睛水汪汪的，辫子不粗也不细，看上去 20 岁左右，异常美丽动人。兴华看一眼，又连忙揉了揉双眼，再定睛一看，这不是电影《英雄儿女》里的王芳吗？兴华越看越像，只是穿的衣服不同，其他没说的。为不引起队伍中民兵的猜疑，影响训练效果，他把视线转到其他民兵身上。但是晚上睡觉前，那个女民兵的形象，仍不时像过电影似的在他的脑海中闪现。他不由自主地动起了心思。

一个星期民兵训练结束后，兴华回到了营部机关。一天上午，岳阳军分区军人服务社售货员兼会计钟素瑜，踩着一辆脚踏三轮车在营机关办公楼操场里不停地叫喊：“要买什么小百货？请大家下楼选购啊！”钟会计经常下连队送货，兴华早就认识她。听到吆喝声，他马上下楼，到三轮车货架上选购了一条洗脸毛巾。正准备离

蔡冬安（1970 年于岳阳机床厂洗工车间）

开时，钟会计半开玩笑半认真地说："小田，你找对象了吗？要不给你介绍一个？"兴华书记也开玩笑地说："我没有找对象，哪里有漂亮的姑娘给我做个介绍，感谢你。"第二天上午，钟会计骑着三轮车来到营部。车上没有任何货物，却坐着一位穿绿色外衣，下着黑色长裤，两边肩上垂着一对乌黑小辫的青年美女。田兴华站在二楼上，仔细一看，立马想到了"王芳"，那个岳阳机床厂的女基干民兵。此时，营里其他干部都在办公室，他有点害羞，不好意思向那位女青年打招呼，只是站在楼上，跟钟会计简单聊了几句。

一个星期六的晚上7点多钟，营里干部都休息了，钟会计叫兴华到她家里去。钟会计的宿舍在营部后面200多米的地方。当兴华敲开钟会计家的房门时，一眼看见火炉边坐着的女青年，就是"王芳"。钟会计介绍说，她叫蔡冬安，是岳阳机床厂铣工车间的一名铣工，刚进厂不久，与钟会计同为湘阴人；钟会计与小蔡的姐姐是好朋友，两家经常来往。钟会计寒暄几句之后，离开了房间。兴华与这女孩算是第三次见面了。几分钟沉默后，他介绍了自己的姓名、籍贯、职务、家庭和在部队的情况，也介绍了自己性格特点和爱好；女青年也向他介绍了自己的出身、经济状况、家庭成员等情况。两人开心谈了一个多小时。分别时，双方表示今后以钟会计家为据点，继续保持好朋友间的联系。

20世纪70年代初，部队干部婚姻要经政治审查，自恋爱开始要求严格，讲阶级成分，农村出身的必须是贫下中农，城市人要求是贫民或小商贩。为做到有的放矢，让恋爱少走弯路，兴华首先通过熟人关系，到岳阳机床厂人事科详细打听了蔡冬安的家庭出身、成分及社会关系，觉得政治条件基本符合部队要求，立即向组织写出报告，提请组织调查审定。经批准确立恋爱关系后，钟会计家就成了两位小青年谈情说爱的据点。

1973年7月，田兴华奉调岳阳军分区宣传科任专职新闻干事。他和蔡冬安经过两年的恋爱，关系日趋成熟。1975年国庆节，两人一起到当地民政局领取了结婚证。两人没办婚宴，没设婚姻殿堂，新郎新娘仅花15元人民币买了2斤多水果糖，在科长夏惠清的主持下，请全科同志参加，举行了简单的婚礼。参加的人员每人一杯热茶，4颗水果糖。当晚，田兴华把军用铺盖、枕头搬进了管理科分配的一间单人宿舍。一张床、一张桌子、一个热水瓶，两人就这样入了洞房，完了婚。一人之居变成了两口之家，兴华结束了20多年的孤儿生涯。

1976年9月26日傍晚，兴华出差结束，从汨罗市武装部乘公共汽车赶回家里。在外采访了10多天，他一直挂念着怀孕近10个月、快要临产的妻子蔡冬安。他跑上二楼打开房门一看，里面一片漆黑，空无一人。“妻子去哪里了？”想起当天是周末，估计妻子是看电影去了，便放下行李，掉头直奔军分区礼堂。

“田干事，你妻子被科里的几位同志送到岳阳地区人民医院妇产科生小孩去了，你还在这里溜达什么？”礼堂放映员告诉他。田兴华的心一阵一阵“怦怦”直跳。他来不及和其他同事打招呼，一口气跑到岳阳地区人民医院妇产科。妇产科设在医院大楼一楼，他慌慌张张推开病房门，只见爱妻穿着一套医院病人服装，睡在一张病床上，一条长长的毛巾从脑门绕到脑后，包得严严实实。妻子脸色苍白，没有一点血色，70多岁的老岳母守在病床边。他急急忙忙上前给岳母娘打招呼，说：“对不起，我来晚了，冬安生产还顺利吗？”岳母回答说：“还算顺利，大人、小孩都很好，小孩重7斤8两。”妻子埋怨地看了兴华一眼，说：“姓田的，你还舍得回来，疼得我钻地无门，差一点就见不到我了……”妻子苍白的脸掉下泪珠，一种责怪和内疚刺激着兴华的心。过了一会儿，妻子脸上的气渐渐消失，说："姓田的，我给生了个千金小姐，你喜欢吗？"妻子蔡冬安强打精神，对兴华说。

"是儿是女，我都喜欢。只要你本人身体好，就行！"兴华回答说。

"你要好好感谢你们宣传科的同志。今天下午5点钟左右，我肚子一阵巨痛，知道小孩快要临盆了。我马上打电话给宣传科夏科长，夏科长马上给管理科打电话要了一辆小车，科里几个同志一起把我送到地区人民医院妇产科。"妻子怕丈夫着急，详细向兴华介绍了住院的经过。又拉着他的手，指着床头熟睡的婴儿，说："姓田的，给小孩取个名字吧，生小孩是我的事，给小孩子取名是你的责任了。"

"冬安，我想，我的父亲是在抗美援朝战争中光荣牺牲的，平时，我们最喜欢看《英雄儿女》等电影，最崇拜电影中的主人公王成和她的妹妹王芳，你也很像王芳，给女儿取名应该有一个芳字。另外按照田家祖传取名习惯，应该有三个字，那就叫田小芳吧！你看怎么样？"

"好！'芳'字的含义是花香，有秀丽、芬芳的意思，我同意这个名字。"两人一拍即合，女儿田小芳的名字就这样定下来了。兴华从烈士遗孤长大成人，又由两口之家成为三口之家。从一床军用棉被、一个军用挂包走出大山的孤儿，如今有了一个温馨美满幸福的家庭，心满意足极了。

兴华的妻子蔡冬安出生在湘阴县城关镇一个贫民家里，她的母亲生了6女1男，全家9口人的生活，靠父亲卖炒货和母亲帮别人洗衣服、带小孩挣点小钱来维持。以往家庭生活困难，饿死了3个，唯一的大儿子20岁时在湘江游泳时淹死了。冬安成婚了，兴华被老实忠厚的岳父母当成上门女婿看待，两老住在军营帮助小两口料理家务。兴华也把两老看成自己的父母，虽然不太富裕，但日子还过得去。妻子蔡冬安对丈夫更加疼爱，常对人说："我家田某从小失去父母，没有父爱和母爱，我要用妻爱温暖他，以弥补他幼年和童年的痛苦。"兴华在军分区宣传科担任专职新闻干事，经常在外采访，家务和教育小孩的事，基本上是冬安一个人包了，不让丈夫沾手。兴华从独立营调岳阳军分区宣传科，再调平江县武装部，又调省军区党史办、省人事厅、省档案局，先后大搬家 7 次，小搬家更多。每次大小搬家，妻子从不讲价钱和条件，总是说"嫁鸡随鸡而已"，毫无怨言。

1979 年　田兴华全家福

兴华在仕途发展上可以说是一帆风顺，但身体上从头到脚多灾多难。腰和脑袋先后受重伤 4 次，后大腿骨关节被汽车轧成骨折。在每次生命危急时刻，都有爱妻守在兴华的身旁。有下面两件事，令兴华非常感恩。

前面提到，1977年夏的一天，兴华与人一起采访老红军喻杰，合写一篇《人民日报》的特约稿。采访前，兴华就有点感冒发烧，在加班赶稿时，5天5夜没睡觉，高烧越来越严重，并引起了睾丸炎并发症，出现生命危险。妻子知道后，非常着急，随即购买了从岳阳到平江的长途汽车票，坐了100多公里的盘山公路，来到平江县中医院护理和照顾丈夫。在医生的抢救和妻子10多天的精心照顾下，田兴华才逐渐脱离危险，恢复了健康。

2014年6月10日，兴华到长沙烈士公园散步，接电话时不小心滑倒在一个坡坎下，剧痛不止，是妻子冬安把他扶上公园电瓶车送回家。当天晚上睡在床上不能翻身，第二天送到长沙市南区骨科医院检查，诊断为脊椎第二节骨裂，要住院开刀。兴华不想做手术，决定采取自然愈合的保守疗法。俗话说“伤筋动骨一百天”，他在南区伤科医院整整躺了2个多月。那段时间不能翻身，不能下床，在床铺上拉屎撒尿，度日如年。妻子冬安在病床边安慰他，鼓劲打气，又耐心照料。每天送饭供水，洗脚搓背。她从家里到医院有10多公里，要转两趟公交车。当兴华腰部痛得厉害的时候，妻子用战斗英雄邱少云的精神来鼓励他；当不能自理之时，爱妻帮他在床上拉屎撒尿，从不抱怨。同房病友看见这一切，开玩笑地对兴华说：“常言道，久病床前无孝子，你老田久病床前有贤妻和孝女悉心照料，真是有福气啊！”正是这样，兴华在医生精心治疗和妻女无微不至的照顾下，经过2个多月的保守调理，疗效明显。出院复查时，骨裂部分基本愈合了，也没有发生并发症。

退休前兴华叫爱人为老婆，退休后兴华叫老婆为老伴。自己在部队先后荣立3次三等功，多次受嘉奖，转业到省档案局也5次被授予“先进工作者”称号。这些成绩的取得，正如《望星空》那首歌曲的歌词所云：“军功章上，有我的一半，也有你的一半。”老伴的行动完全证实了“一个成功男人背后站着一位坚强的女人”这句名言。

1986 年 9 月，兴华从湖南省军区转业到湖南省档案局湖南档案杂志社任副总编、编辑部副主任，协助总编工作。当时，改革开放风起云涌，计划经济向社会主义市场经济转型。作为靠政府财政全额拨款的机关刊物《湖南档案》运行困难，累计亏损 1.4 万元。当时省出版部门的政策是省直机关刊物要“断奶”，要把刊物推向市场，自主经营，自负盈亏。老总编辞职退休，省档案局领导和许多基层档案局的同仁把目光转向兴华这个副总编。省档案局有关领导放话：如果办不下去就停刊。《湖南档案》是 1980 年国家新闻出版局批准的有公开刊号的全省唯一的档案刊物，是全省档案业务交流和基层档案工作者发表论文和观点的平台，是评定职称的重要园地。各市州档案局和基层档案员向省档案局联名写信，要求保留这个刊物。《湖南档案》杂志向何处去？编辑部的几位同志盯着兴华副总编。当时，有社会背景的几个编辑人员纷纷跳槽或下海。那时兴华刚转业不久，40 岁出头，血气方刚，他主动写报告，不要财政补贴，同留下的几名同志一道承包《湖南档案》杂志，并承诺拿出自己家里最值钱的一台电视机和一台电冰箱作为承包抵押金。兴华回家后同妻子商量，妻子二话没说，坚决支持。第二天，兴华和时任局长签订了承包《湖南档案》杂志的 10 年合同，并到省司法厅公证处公正。在承包经营《湖南档案》的那些岁月，为了支持兴华的工作，妻子蔡冬安主动把小孩教育和家务活全部承担起来。为了节约刊物发行开支，降低成本，杂志社决定把邮局发行改为自办发行，发动编辑部的编辑和他们的家属利用晚上和节假日时间到杂志社写信封。写好信封，装好袋，再用三轮车送到火车站邮局邮寄。每次刊物印完后，兴华的妻子总是准时来杂志社和大家一起加班加点装袋和写信封，每次总是累得汗流浃背。大家称赞她手脚麻利，是一个贴信封的好手。在兴华担任湖南档案杂志社社长那10多年里，《湖南档案》杂志年年评为全国档案类核心期刊，5年评为湖南省优秀社会科学期刊。经济效益由亏损转为盈利，第一年上交省档案局利润5000元，以后逐年递增。最后5年，每年上交利润3万多元。杂志社也多次被省档案局机关评为先进处室。兴华的这些工作成绩的取得，与杂志社家属特别是他妻子的大力支持分不开。

兴华退出工作岗位安度晚年后，把心思和精力用在寻找烈士父亲上，费时、费力、费钱。妻子冬安总是深明大义，态度鲜明，结伴同行，倾力支持。

第三章　寻踪觅迹

一　央视《等着我》发布寻父消息

田兴华最喜欢观看 CCTV1《等着我》，这个栏目贴近民意，专门为老百姓寻找离散亲人服务；主持人倪萍貌美大气，说话温和，声音动人，深受广大观众欢迎。2015 年 8 月 3 日（星期二）深夜 10 点 40 分，兴华像往常一样坐在电视机旁，双眼紧盯电视机荧屏。主持人倪萍和嘉宾上场没多久，一位中等个子、穿着一身黄色志愿军军服，胸前佩戴 6 枚军功章的老兵健步登上演播台。因主持人播得太快，老兵叫什么名字，他没有记住，但知晓是一位曾经参加过上甘岭战役的志愿军老兵，86 岁高龄了。主持人倪萍问："老人家，您来《等着我》节目找谁啊？"老人话语清晰地回答说："我是曾经守卫上甘岭阵地的老战士，战役打响之后的一天上午，我在阵地上被敌人的一颗炮弹炸成重伤，被战壕里名叫胡臣和孙云柴的两位战友救起，他们把我抬下阵地，送到野战医院，经多方抢救，我活下来了。朝鲜停战归国之后的几十年来，我一直思念那两位救命恩人。今天来到节目里，主要寻找抬我下阵地的那两位战友。"随着电视画面转动，这位英雄老兵得知：在中央电视台《等着我》节目编导和全国志愿者们的帮助下，找到了名叫孙云柴的老战友。在倪萍的引领下，两位战友60多年后重逢了，彼此抱头痛哭，泪流满面。坐着看电视的兴华也禁不住热泪盈眶。

节目结束已是深夜11点半了，兴华躺在床上翻来覆去睡不着。他想起了父亲。自己来到人世间就没见过父亲，“父亲”二字只是一个名词，虚无缥缈。几十年来，“父亲”的印象就是自家房门前挂的那块“烈士光荣”的牌子，就是1960年母亲去世后留下来的印有“抗美援朝，保家卫国”8个字的小布袋，就是那张带血的《革命军人牺牲证明书》和那两本立功证以及那几枚立功章和纪念章。田兴华自懂事之后思父、寻父没有消停过，可寻父之路又好像“老虎吃天，无从下口”，突破口在哪里呢？他看完电视节目之后，很受启发：是不是也可以仿效那个志愿军老兵，利用媒体平台，先找到父亲当年的战友，再寻找父亲的安葬地点，进而祭奠父亲？想到这里，他一骨碌从床上爬起来，挑灯疾书，花了3个多小时，给中央电视台《等着我》节目主持人倪萍写了一封救助信。第二天上午，他找了一家打字店把那封信打印出来，整整齐齐落了自己的名字。为证明自己的身份，除附上身份证号码，还请原工作单位领导批准，加盖了人事处公章。求助信内容如下：

我叫田兴华，湖南辰溪人，1947年6月19日出生，1968年2月入伍。1968年2月至981年8月在岳阳军分区工作，1981年10月调湖南省军区政治部党史办工作，任副团职干事。1986年7月转业在湖南省档案局，任《湖南档案》(后改名《档案时空》)杂志社社长。2008年11月在湖南省档案局正处级干部退休至今。

我是一位生下来没有父亲的烈士遗孤。爸爸田全仁，1947年2月参加中国人民解放军，在华东军区25军222团

1营机枪连任军械上士……抗美援朝战争爆发后，25军74师成建制划归24军入朝参战，后来提升为24军74师222团1营供给员。1953年7月15日在朝鲜平康前线432.8高地战斗中牺牲。父亲生前荣立2次三等功，1次四等功。

我今年年近七旬。古人曰“百善孝为先”，“死者魂安，生者欣慰”。我怀念父亲，想在有生之年，寻找到父亲当年一至二名战斗过的战友，通过父亲战友寻找一张父亲生前的照片，了解父亲牺牲后在朝鲜的安葬地，今后为父亲扫墓，现特向您求助。

倪萍老师，我等待您的回信。

此致

敬礼！

湖南省档案局烈士遗孤退休干部　田兴华

2015年8月20日

信的末尾，还附上身份证号、手机号和通信地址。

兴华把信件寄出后，时刻盼望倪萍老师的回信，每隔几天就跑到原单位收发室查询，看看是否有北京寄来的信件。就这样等啊，等啊，一天，一个星期，一个月，两个月，三个月过去了，尚未收到倪萍老师的回音。2015年12月25日上午10点左右，他乘车回省委大院，公交车快到柑子园站时，小挎包里的手机发出一阵阵清脆的响声，他急忙拿出手机问：“喂，您是哪里？”

“您是田老吗？我是中央电视台《等着我》节目负责人涂颖。您8月20日给主持人倪萍写的救助信我们收到了，因工作忙没有及时给您回信，表示歉意。关于您老寻找父亲战友的事，我们非常重视。节目组要我在电话里向您了解一下情况，您老手机里不知说话方便不？”涂颖在电话里问他。

听说是中央电视台来的电话，田兴华高兴得差点跳起来，连忙回答说：“没关系，方便方便。”当时，车上人多声杂，为了不影响通话效果，他提前在柑子园站下车了。

“田老，我想问问您父亲叫什么名字，哪里人，家庭地址，什么时候参军和入党，立功受奖情况，哪一年入朝参战，在哪一次战役什么地方牺牲。父亲牺牲后，您和母亲当时的心情如何。后来听说1960年母亲因病去世，您成为孤儿，是谁把您养大成人？请您详细地给我介绍一下好吗？”涂编导在电话中说。

于是，他在柑子园站周边一个安静的地方，把父亲田全仁的生平和事迹说了一遍。接着，又把自己的情况详细作了介绍。他与涂颖通话长达40分钟。

打那以后，兴华和涂颖编导加了微信，先后进行了10多次沟通。涂编导还给兴华寄来一张她的工作照作为纪念。为利于帮助兴华寻找父亲的战友，涂编导先后安排李昂、吴硕以及司、何等4位编导与他联系，帮助他实现寻找父亲的意愿。

2016年6月22日上午，兴华正在省委东门一家药店购药，口袋里的手机又响了。

“喂！您是田老吗？我是中央电视台《等着我》节目编导吴硕，请您加我微信和QQ号，我有重要事情要和您联系。”吴编导是一位年轻帅哥，安徽口音，担心兴华年纪大，听不清，说话声特别大。而如何通过手机加微信，对于兴华这个微信盲来说，真是“丈二和尚摸不到头脑”。他把手机递给一位年轻女服务员，向她求助。那位女服务员接过手机，很快就把吴编导的微信加上了。在微信聊天中，吴编导把QQ号告诉兴华，要求他用六七百字的文字，把自己的简历和父亲田全仁的战斗经历直到牺牲的有关情况写出来，并把父亲烈士证、立功证、立功喜报和立功勋章和纪念章拍成照片，用电脑发到他的 QQ 里。

第二天上午，兴华带着父亲生前那些遗物来到湖南省档案馆，找时任编研室主任禹丁华，请禹主任给这些遗物拍了 4 张照片，连同他写的 600 字的文字稿，发给了吴编导。

2016 年 6 月 22 日，中央电视台《等着我》节目官方网站将他发的材料和照片，以“70 岁老人的烈士父亲，到底在哪里?”为题发表了。文字和照片如下：

田兴华今年 70 岁了，他曾在湖南省军区党史办工作，转业后到湖南省档案局任档案时空杂志社社长，然而就是这位和历史档案打了一辈子交道的老人，却从来都不知道自己的父亲长什么样子，他是一名烈士遗孤。（后附田全仁革命烈士证明书照片）

他的父亲田全仁，1947 年 2 月参加中国人民解放军，在华东军区 25 军 74 师 222 团 1 营机枪连任军械上士，后任供给员。1952 年 7 月，根据军委命令，25 军撤销，该军 74 师划归志愿军第 24 军，参加抗美援朝战争。1953 年 7 月 15 日，在五圣山平康前线进攻和防守 432.8 高地时壮烈牺牲。（后附田全仁烈士四枚纪念章和立功章照片）

田兴华从没见过父亲，连一张照片也没有，他日夜期盼在有生之年，找到和他父亲一起战斗过的战友，向他们寻找一张父亲的照片，同时也想知道父亲牺牲后安葬的地方，为父亲扫墓。（附田全仁烈士的立功喜报照片）

父亲田全仁生前所在部队的相关信息：田全仁，1947 年 2 月参加中国人民解放军，在华东军区 25 军 74 师 222 团 1 营机枪连任军械上士，当时年龄27岁。1952年7月，25军撤销后，该军74师划归24军，参加抗美援朝战争。（附祖国慰问团赠送的印有“抗美援朝，保家卫国”8个大字小布袋照片）

如果您知道有关田兴华父亲田全仁的相关线索，或者认识他的战友或战友的后人，请与我们联系，您的每一次转发和关注，都是一份希望。让我们共同帮助这位从没见过自己父亲的老人，接为国捐躯的烈士回家。

如何联系我们：

1. 登录《等着我》官方网站：dengzhewo. cctv. com

2. 将寻人信息发至《等着我》官方邮箱：cctvdengzhewo@163. com

3. 拨打《等着我》热线：400-6666-892

热线值班时间：周一至周五10:30—18:00，周二22:30—23:30

4. 关注并私信“CCTV‘等着我’”官方微博

5. 写信寄至：北京市朝阳区东三环中路32号中央电视台《等着我》栏目组

6. 在“等着我吧”百度贴吧上填写寻人信息所有途径，我们都将及时关注并组织志愿者为您寻找

70岁老人的烈士父亲，到底在哪里？

修愚 CCTV1等着我 2016-06-22 19:06

田兴华今年70岁了，他曾在湖南省军区党史办工作，转业后到湖南省档案局任《档案时空》杂志社社长，然而就是这位和历史档案打了一辈子交道的老人，却从来都不知道自己的父亲长什么样子，他是一名烈士遗孤。

1/6

他的父亲田全仁，1947年2月参加中国人民解放军，在华东军区25军74师222团一营机枪连任军械上士，后任给养员。1952年6月10日，根据军委命令，25军撤销，该军74师划归志愿军第24军，参加抗美援朝。1953年7月13日，在五圣山平康前线进攻和防守“432.8”高地时壮烈牺牲。

2/6

CCTV1等着我 >

田兴华从没见过父亲，连一张照片也没有，他日夜期盼能够在有生之年，找到和他父亲一起战斗过的战友，向他们寻找一张父亲的照片，同时也想知道父亲牺牲后安葬的地方，为父亲扫墓。　3/6

CCTV1等着我 >

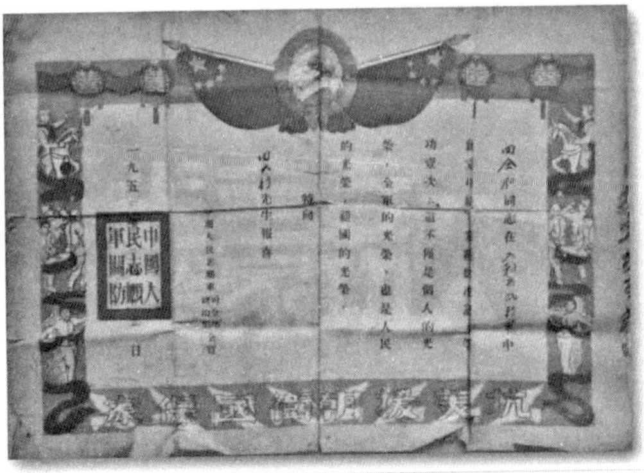

父亲田全仁生前所在部队的相关信息：田全仁1947年2月参加中国人民解放军，在华东军区25军74师222团一营机枪连任军械上士，当时年龄27岁。1952年6月10日，25军撤销后，该军74师划归24军，参加抗美援朝战争。　4/6

兴华寻找父亲部队战友的信息在央视官方网站和微博上发表后，全国先后有 2 万多观众留言和关注。他盼啊，盼啊，非常期望有一天能收到所期望的消息。2017 年 8 月，他又专程到中央电视台与吴硕编导专门沟通。在此期间，还专门给郁钧剑老师写了《关于寻找我的烈士父亲》的求助信，请他予以帮助。

半年后的一天，央视《等着我》节目负责人涂颖给田兴华打来电话说：“田老，我们很想帮您找到您父亲的战友，全国各地帮帮团和志愿者进行了认真的寻找，但因年代久远，人员调动频繁，无法达到您的期盼，我们将继续努力，帮您寻找，如有新的线索，及时告诉您，望经常保持联系。”

二　两本军史书籍提供路线图

兴华多年来在寻找父亲踪迹的道路上，深深认识到，要找到父亲的照片和安葬地，必须找到父亲当年的战友，找到父亲生前的老部队，找到与父亲老部队相关的书籍和档案资料。他从父亲牺牲后留下来的烈士证、立功证、立功喜报、纪念章和立功章中，得知父亲最早参军的部队是中国人民解放军华东军区第 25 军 74 师 222 团 1 营机枪连，如果能找到与第 25 军军史相关资料和书籍，一些问题迎刃而解了。

2015 年 5 月 22 日，他花了一天的工夫，给中国人民解放军档案馆写了一封求助信。半个月后的 2015 年 9 月 11 日，解放军档案馆回函，其（2015）94 号说："档案馆没有保存有第 25 军相关的档案资料和书籍，也没有找到您父亲的档案资料和照片。"不久，他又向国家民政部档案馆写了一封求助信，回函同样是没有找到与第 25 军相关的档案和书籍。从 2015 年至 2016 年上半年，他先后给总政群工部、北京军区留守处、北京军区联勤部写过多封求助信，均没有结果。2016 年初，他还亲自到湖南省民政厅档案室，查找档案资料，除了《湖南省革命烈士英名录》有田全仁烈士 100 多文字简介之外，再也没有其他档案资料和书籍。

前述的那些回复及信件，并没有使兴华放慢寻找父亲踪迹的脚步。他坚信，只要继续坚持，总会有一个好的结果。怎样继续往下寻找呢？他想起自己接触过的军史书籍，大多都是解放军文艺出版社出版发行的。如果能托一个朋友到该社跑一趟，有可能买到所需要的书。他于是想到了中国档案杂志社王天泉副总编。王副总编是他转业到湖南省档案局工作期间的上级，经常一起开会，来往密切；王总本人也是一位乐于助人的人。

2016年3月15日，他向王天泉副总编写了一封求助信。王总编收到他的求助信后，非常同情，第二天特地抽出时间到出版社买书。

没过多久的一天上午，北京来了快递。田兴华估计是中国档案杂志社王天泉副总编寄来的，便一路小跑到省委三办公楼门前，从快递小哥手中领取了一个包得非常严实的包裹。

兴华心急如火地把包裹打开。是一本红色封面，32开的书。《江淮骁龙——中国人民解放军第25军征战纪实》18个大字格外醒目。该书大约30万字，作者金煜雷。收到这本书，田兴华心里有说不出的喜悦。这是他寻找多年梦寐以求的书，真是“踏破铁鞋无觅处，得来全不费工夫”。他把这本书紧紧地贴在脸上，自言自语地说：“书啊！书啊！你让我找得好苦啊！如今有了你，在寻父的路上有了新的希望。”

他给北京王副总编回了电话，表示衷心的感谢，并用微信支付了王副总编代购的书款。他怕把这本书弄脏弄坏，用牛皮纸包好，放在书架上。他还给南京军区军史办打电话，寻问作者金煜雷。因金转业离开部队了，不便联系，只好作罢。于是，他把工夫用在阅读上，一个月里哪里都没有去，就坐在家里，全神贯注，从头至尾把那本书通读了一遍，对与父亲有关的部分予以标记。书内画了很多蓝圈圈，打了不少红杠杠，重点内容还加了批注。

从该书前言中，他了解到“中国人民解放军第25军是一支英雄的部队，是第三野战军最早的主力之一”。“1947年2月，华中野战军第7师改编为华东野战军第7纵队……先后参加莱芜、孟良崮和临朐等战役……1949年2月，华东野战军第7纵队改称中国人民解放军第25军，隶属三野第八兵团。……全军3万余人，……

4 月参加渡江战役，……5 月参加上海战役。”（见前言 1—2 页）“1950 年 6 月……第 25 军奉命南下福州……第 25 军大部队从陆地向闽南开进的，同时，第 74 师 222 团由海上掩护机船队入闽”。（见 395—396 页）

从该书第 398 页和第 400 页中，他弄清如下事实：“1952 年 7 月 7 日，第 25 军正式撤销建制。军部和第 75 师划归军委空军建制，第 73 师划归第 23 军，第 74 师……全师划归第 24 军建制。”“1952 年 8 月下旬，第 73 师和第 74 师突然接到从闽南北上江西上饶集结的命令，并很快在上饶登车。”

他基本上弄清了 1947 年 2 月至 1952 年 7 月，父亲跟随 25 军在华东地区南征北战的那段历史。如果要继续揭开父亲跟随志愿军第 24 军入朝参战，直到为国捐躯的那段历史，需要继续寻找中国人民解放军第 24 军军史。

于是，他再次给王天泉打电话，麻烦王总再到解放军文艺出版社跑一趟，看是否有中国人民解放军第 24 军军史方面的书籍。

没过多久，王副总编又从北京给他寄来一本《烈焰狂飙——中国人民解放军第 24 军征战纪实》。该书由解放军文艺出版社出版，20 多万字，作者彭湘泰，山东省新泰市人，服役于中国人民解放军北京军区某部。

兴华如饥似渴地读完这本书的序言，了解到“中国人民解放军陆军第 24 军是一支有着红军优良传统的英雄部队……这支英雄部队由小到大，从弱到强，南征北战，前仆后继，经历了艰苦卓绝的南方三年游击战争，抗日战争、解放战争和抗美援朝战争，参加战役战斗万余次，歼俘敌 40 余万人……几十年来，毛泽东、邓小平、江泽民等党的三代领导人和军委、总部、军区首长多次视察这支英雄部队……1991 年 9 月 17 日，中共中央总书记、中央军委主席江泽民视察该部队时，高兴地挥毫泼墨写下了‘继承光荣传统，再展劲旅雄风’12个雄浑的大字”。

该书第19章“千里兵走元山港”是如此叙述的：“1952年6月，中国人民解放军第三野战军第24军按中国人民解放军暂行编制规定，补充装备，进行整编工作，第25军74师编入序列。”（第298页）又说“9月2日，第24军率第70师、72师由松江、嘉兴、嘉善、硖石等车站登车北上。9月7日至14日……74师进入集安地区集结，进行入朝最后准备工作。”（第301页）“24军入朝后，向朝鲜东海岸战略要地元山港地区开进，接替第27军防务”。（第301页）第20章“中线弯弓射虎狼”详细地叙述了“1952年底，中国人民解放军第24军奉命开赴中线，……经过7昼夜风雪行军，抵达中线，接替15军西方山、五圣山、平康、上甘岭等地区的防御任务”。（第303页）本章还详细地介绍了父亲生前所在的74师在金城反击战中攻打432.8高地的经过。“根据张震代军长的指示，74师决心以222团为师的第一梯队，1营由481高地沿佳山见里、桥田里、芦洞方向实施攻击……1营于14日10时30分向桥田里、芦洞之敌发起攻击……在芦洞公路上，发现有载敌步兵的汽车20余辆，三巨里有敌坦克5辆，在432.8高地约有敌一个排向1营射击……1营营长杨德昌立即要求炮火对上述之敌进行集中射击，并命令3连向432.8高地攻击。13时30分，……3连一举占领了432.8高地，歼灭敌大部，残敌向松洞北逃窜。后来……一天内连续抗击敌18次冲击，依托简易工事，与敌展开近战，歼敌500人，出色完成了432.8高地的坚守防御任务，战后荣立集体一等功”。（第323—326页）第333页记载，“1955年10月10日，24军官兵怀着无比激动的心情，自朝鲜西部登车回国，沿途受到朝鲜人民的热烈欢送。”

从《烈焰狂飙——中国人民解放军第24军征战纪实》一书中，他厘清了父亲所在的74师划归志愿军第24军之后，在朝鲜那几年的战斗轨迹。第一次看到了父亲所在1营营长杨德昌的名字；同时，了解到父亲所在的志愿军第24军在上甘岭接防15军；再者，弄清了父亲所在的74师222团1营攻打和防守432.8高地的战斗经过；还有，他仿佛看到了父亲在为432.8高地战友们送饭路上，被敌人一颗炮弹炸成重伤，经医院抢救无效光荣牺牲的场景。

从《江淮骁龙——中国人民解放军第25军征战纪实》和《烈焰狂飙——中国人民解放军第24军征战纪实》这两本书中，田兴华深刻体会到，只要找到划归24军之后的74师今天的归宿，就能找到父亲生前的老部队，就有可能在父亲部队档案、军史室里，找到父亲的照片和相关档案资料。

中国人民解放军第25军征战史《江淮骁龙》和中国人民解放军第24军征战史《烈焰狂飙》两本书的封面

三　在父亲生前的部队做客

田兴华重温《烈焰狂飙——中国人民解放军第24军征战纪实》这本书，揣摩细节。书里第21章“壮歌高唱胜利曲”中记述，朝鲜停战之后，“1955年10月10日，24军官兵怀着无比激动的心情，自朝鲜西部登车回国”。书的作者彭湘泰“现服役于中国人民解放军北京军区某部”，书的出版时间为2004年9月。根据上述信息，田兴华认为24军回国后，尽管经历了几十年来的军改变迁，但这个“英雄部队”仍然存在，应该隶属于北京军区。

怎样达到这一目的呢？他想起了曾经在湖南省军区党史办工作的一位同事，即省军区政治部宣传处王赛英干事。王赛英后来调广州军区战士报社任社长，他在长沙的老父亲90岁了，过年过节要回长沙探望。2016年春节，他在长沙遇到王社长，便把要到北京军区寻找父亲老部队的想法说了出来，请求给予帮助。王社长愉快地答应了，要把他父亲的姓名、籍贯、参军时间、部队番号、职务，在朝鲜牺牲的时间地点，写在一张纸条上，交给他。

2016年2月20日，王社长从广州打来电话，说：“已委托北京军区《战友报》刘波社长打听到你父亲的老部队，现为中国人民解放军某某部队，驻防河北某地，部队政委叫高红军。政委听说您是该部队一位烈士遗孤，非常欢迎你去部队传经送宝，并把联系的手机号码告诉了我，请您用笔、纸写好。”兴华一边听电话，一边把高政委的电话号码记录在通信录里。

怎样与高政委取得联系呢？是马上打电话给他，还是先发一个短信？他担心部队战备训练繁忙，不方便接电话，决定首先给他发了一则短信：

高政委：

您好！打扰了！

我是烈士遗孤，现在是湖南省档案局正处级退休干部。父亲田全仁1947年2月参军，在中国人民解放军第25军74师222团1营机枪连，1952年赴朝参战，担任1营供给员，1953年7月15日在金城反击战平康前线432.8高地光荣牺牲。父亲参军时，我未出生，牺牲时我才6岁。7年后，母亲因病去世，是国家把我养大的。几十年来，我梦寐以求想知道父亲的容貌和墓地。……我冒昧向您求助，想到父亲生前老部队进一步了解相关情况，期盼找到父亲的照片和知晓其安葬地，为父亲扫墓。

望百忙中给予支持。

湖南省档案局正处级退休干部　田兴华

手机号：139758×××××

2017年3月4日

短信于上午从手机发出之后，出乎他的所料，下午4点钟就收到高政委回的短信："田老，我们热烈欢迎英雄的儿子来我部检查工作和传经送宝……"高政委在短信中，把他们部队较近的火车站地名、车次告诉了他，又要他把从长沙出发的时间、车次以及到达他们车站的时间提前预告，届时将派人接站。

接到高政委的短信之后，他与老伴商妥再把女儿、女婿召集来，开了家庭小会，议了准备北上的事宜。兴华说：去河北某地老部队军营走一趟，打算查看自己父亲老部队荣誉室或者档案资料室，是否保存有老照片、相关档案资料以及烈士安葬地，争取有所收获。女儿、女婿非常支持他的决定，老伴担心他年事已高，又患有高血压，决定陪同他一起前往部队。

2017 年 6 月 5 日下午 6 点左右，夫妻俩坐火车顺利抵达高政委指定的河北省某火车站。

火车停稳之后，他和老伴各拖一个行李箱，跟随熙熙攘攘的人群来到出站口。一位个子高大、操一口北方口音的军官迎上前来。军官 40 岁出头，肩章上二个杠三颗星，是位上校。上校军官上前一步，一边接过行李箱，一边亲切地说："田老，您们辛苦了，我是部队闫副政委，高红军政委在开会，委托我和组织科熊干事来接你们。"接着，闫副政委把身边的熊家磊干事作了介绍，熊干事急忙上前把老伴行李箱拉去送到面包车上。

面包车开出车站时，夜幕已经降临，车外一片漆黑。40 分钟的行驶，来到营地一座大门前，两边有哨兵把守，灯光下的围墙上写有"听党指挥，能打仗，打胜仗"的大字标语。面包车进大门不久，在小山坡一块平地里停下来。闫副政委和熊干事、司机三人帮老两口取下行李箱，朝一栋二层楼房走去，说："田老，你们俩这几天就住在这里，这里是我们部队接待军以上首长的专用招待所，条件不太好，请谅解。"

他们来到二楼接待大厅，约 30 个平方米，一条长方形矮桌上摆满了苹果、梨、葡萄、哈密瓜、花生、糕点等 10 多个品种水果和小吃，桌上还摆放着几瓶开水。闫副政委等 3 人把行李放置好后说："田老，你们一路辛苦了，招待所有热水，洗漱完后，早点休息，明天 7 点半带您们到我们机关食堂吃早餐。"说完，大家示好告辞。

第二天早上，闫副政委、熊干事等 3 人准时来到招待所，接两老去机关食堂吃早餐。食堂有 100 多平方米，摆放着 10 多张方桌，方桌周围站立着10多名吃早餐的官兵，其中还有些女兵，估计是该部队野战医院的医生和护士。闫副政委把两老引进食堂西边一个大包厢里，包厢大概能坐十五六人，围绕圆桌凳子上已坐10多位军官。坐在最里面高个子是一位二杠四星的军官，看见两老进来，立刻起身过来，握着兴华的手亲切地说："您是田老吗？我是高红军，昨天因开会没来接您们，表示歉意。"说完把站立起来的部队长、副部队长、参谋长、政治部主任一一介绍给他。接着，高政委把他和老伴拉到自己身边坐下，说："听说英雄的儿子今天要来，我把我们部队'一班人'都请出来了，陪同田老吃饭。我还吩咐机关直属连队分别做一个品种早点，中午每个连队做一道菜，送到这里，让二老品尝我们部队炊事班的手艺。"

早餐前，大家寒暄几句之后，兴华把这次到部队来的目的说了一遍。他说："各位首长，我出生以来没见过父亲，父亲长成什么样子，忠骨埋在何处，我一无所知。今天来贵部队主要想寻找一张父亲当年的照片，了解父亲牺牲后安葬在什么地方。"他一边说，一边把随身带的父亲烈士证、立功证、立功喜报以及四枚纪念章和立功章等，拿给现场观看。高政委站起来，急忙说："田老，咱们先吃早餐，您要我们办什么事，请您给熊干事说一下就行了，我们会尽力帮忙。"吃完早餐，高政委安排熊干事先带他们到周围几个旅游点玩一天，后天再带田老到部队看看。

第3天，高政委"一班人"陪同他们吃完早餐，派熊干事、宣传科一位摄影记者首先来到3营机炮连参观。这个连是兴华父亲参军时的老连队，当时叫机枪连，现在为机炮连。该连离机关大约1里路。他们来到连队训练场时，100多名干部战士列队夹道欢迎。指导员赵志强把他们带到连队中间，与全连官兵合影留念。之后，赵指导员把他们引进二楼荣誉室。室内有80多平方米，陈列着自解放战争以来，该连荣获 20 多块奖状和 6 面上级机关授予的锦旗。这时，兴华被一面抗美援朝金城反击战中攻打 432.8 高地的锦旗吸引住了。那幅锦旗光彩四射，他在锦旗下站了很久很久，联想获得这锦旗定当有他父亲流的鲜血，今天是他距离父亲最近的地方，便叫老伴用手机给他拍了一张纪念照。这时，荣誉室来了很多战士，赵指导员要他给大家讲几句。于是，他把父亲当年参加中国人民解放军，在这个老连队进行军政训练，在战场上英勇杀敌，直到为国捐躯的史实讲了一遍，期望后来人继承传统，永葆本色。战士们听了后，感到很受教育。

从连队荣誉室出来后来到档案资料室。赵指导员把两本连队史册递给他看。一本是机枪连连史，记录着该连解放战争、抗美援朝和社会主义建设三个时期发展壮大历程；另一本是连队自成立以来历年连长和指导员的名册。他认为两本资料很有研考和收藏价值，经赵指导员同意，对有关章节拍了照。同时，把他自己带的父亲烈士证、立功证、立功章、纪念章等物品，让赵指导员用手机拍了照，留给连队收存。

兴华在他父亲老部队的 4 天 3 夜里，首长们几乎每天陪着他们用餐、拉家常，组织科和宣传科 2 名干事天天陪他们参观浏览。离开部队前一天晚上，高政委专门到他们住所看望，问他们的事都办完了吗？对部队还有什么要求。老两口对于高政委等热情接待表示感谢，同时提出两条建议：一是想借部队简史看看，看其中是否还记载有相关史料；二是请求部队机关根据现有的真情实证，加上今已现展示的历史物品，出具一个本人父亲曾在这支部队战斗过的证明。当晚，高政委叫熊干事把部队简史借给他看，证明也在第二天一大早送了过来。

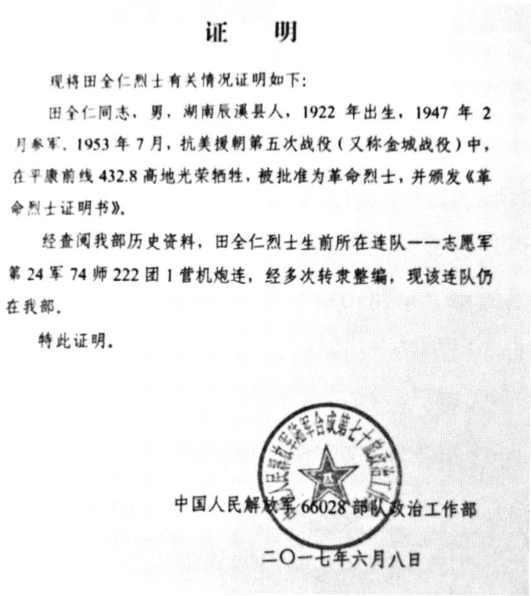

证　明

现将田全仁烈士有关情况证明如下：

田全仁同志，男，湖南辰溪县人，1922 年出生，1947 年 2 月参军。1953 年 7 月，抗美援朝第五次战役（又称金城战役）中，在平康前线 432.8 高地光荣牺牲，被批准为革命烈士，并颁发《革命烈士证明书》。

经查阅我部历史资料，田全仁烈士生前所在连队——志愿军第 24 军 74 师 222 团 1 营机炮连，经多次转隶整编，现该连队仍在我部。

特此证明。

中国人民解放军 66028 部队政治工作部

二〇一七年六月八日

是日上午 10 点左右，高政委和部队长专门来招待所为兴华和老伴送行话别，并找了一个标志性的地方，合影留念。

左起：王成峰（部队长）、蔡冬安、田兴华、高红军（政委）

四 《海峡都市报》发现新线索

兴华夫妇成功地出访父亲老部队，查看了该部队的简史，查阅了相关资料，有了新的收获。他清楚地知道了父亲部队入朝前，在福建省福州市、泉州市闽侯县驻防并进行过海训，做解放台湾前的临战准备。在福州驻军时，当地有3000多名热血青年报名参军，被编入25军，仅闽侯县就有2030名入伍战士。朝鲜战争爆发前夕的1952年7月，第25军被撤销，所属73师、74师分别编入23军、24军入朝鲜参战。朝鲜停战后，闽侯县除221位参战青年牺牲外，其余大都转业和复员回到福州各地。

兴华细想，要寻找父亲生前战友，了解父亲入朝前那段历史，必须到福建去找到父亲曾经战斗、生活过的地方。他想父亲赴朝前，驻扎的闽侯县应该会有当年的战友健在。便抱着一线希望，决定去福州碰碰运气。他把自己的想法告诉老伴后，老伴说："您的心愿我理解也支持，但毕竟上了年纪了，又身患高血压等多种疾病，不要不顾身体，到处奔波要倍加小心。"兴华感慨地回答说："感谢老伴关心爱护。爷爷临终前把寻父之事交给我。父亲为世界和平而捐躯，是伟大的爱国主义、国际主义战士，是最可爱的人，定要受到尊重和爱戴，他长眠何处？忠骨何在？魂归何处？应该得到一个确认。'青山处处埋忠骨，留得家人常思念'，如果无法寻得父亲生存过的痕迹，如果无法找到他的安葬地，取回一把土，让他魂归故里，何以心安？寻父是一种感情，更是一种亲情，只要坚持，就有一天能寻到父亲的墓。"老伴蔡冬安很受感动，决定陪他前行。

兴华和老伴从2016年8月至2019年底，先后4次到福建各地寻找父亲的足迹。即：2016年8月24日至9月2日；2017年

6 月 27 日至 7 月 5 日；2018 年 6 月 7 日至 17 日；2019 年 11 月 21 日至 12 月 3 日。

在这累计近 50 天的行程里，面对气候不适应、人生地不熟、方言不通的情况，兴华老两口过着“吃百家饭，睡百家床”式的艰苦生活。

2016 年 8 月 24 日上午 8 时，兴华和老伴买好了长沙至福州的高铁车票，经过 5 个小时的长途旅行，当天下午 2 点 30 分到达福州车站，在福州西湖旁边一家酒店住下。西湖是福州八景之一，很美。但兴华没更多心情欣赏，带上事先由湖南省档案局办公室开好的介绍信，直奔福建省档案局办公室。福建省档案局办公室叶主任看了介绍信，先给他们让座泡茶，接着给相关地市档案局挂了电话，寻问他们档案馆是否保存有当时的 25 军入朝前留下的有关档案资料。一个一个电话回铃响了，对方异口同声回答：“解放初期，当地驻军的档案没有移交到地方档案馆，随部队带走了。”听了这些回音，兴华的心凉了半截。年轻好客的叶主任看着兴华的脸色，拿来热水瓶，加上一些水，面带微笑地说：“不过，在 2014 年清明节，我在我省《海峡都市报》上看到过 3 则有关福州市 100 多志愿军老兵和烈士亲人到福州市闽侯县万安山抗美援朝烈士碑前扫墓的报道。”在兴华老两口失望的时候，叶主任的一席话又给他们以希望。

第二天上午，叶主任带着兴华老两口来到离省档案局不远的《海峡都市报》社。陆主任热情地接待了兴华老两口，并把当年的那两份报纸从档案室找来。2014 年 4 月 1 日和 2 日，在专栏上分别刊登了 3 篇报道，标题是：《闽侯勇士》《281.2 高地，闽侯老兵的上甘岭》《再回朝鲜给三位战友扫墓》。从这 3 篇报道中，兴华敏锐地发现了 3 条线索：

第一条线索：老兵严义祥。当时已 81 岁高龄的 23 军志愿军老兵，他曾是 25 军 73 师的战士，1952 年 25 军撤销，严义祥战士随新建制的 23 军 73 师 217 团 1 营入朝参战，任 1 营通信员。他所在的闽侯县下洋乡当时还有两个同村战友，一个叫肖政权，另一个叫严宗院，都在朝鲜牺牲了。两人牺牲后都是他亲手安葬在元山附近的安养里烈士陵园。并做了两块简易木板，写好了他们的籍贯、家庭住址以及部队番号。另外，还有一位福州籍 21 岁的女兵叫王玲，也是同他一起参军的，牺牲前在师部当收发员，牺牲后也是他亲自安葬的。朝鲜停战后，他骑马几十里到 3 人墓碑前祭拜告别，并答应 3 位战友回国后，一定抽时间再来朝鲜看望他们。60 多年过去了，严老 80 多岁了，身体又不太好，走路不太方便，愿望未实现，心里非常内疚。只好托子女带好香烛供品，到闽侯县万安烈士陵园祭拜。

第二条线索：老兵周祯荣。在《闽侯勇士，战火中的青春》这篇报道里，23 军 73 师 217 团 1 营卫生员周祯荣回忆说："据统计，闽侯县就有 2030 名青年参加了抗美援朝，其中有 221 人献出了年轻的生命。据不完全统计，健在的老兵人数在 300 人左右，为了纪念这些牺牲烈士，闽侯县政府投入 60 万元，在县城万安山公园修建了闽侯抗美援朝烈士纪念亭。"

第三条线索：铁路工务段老兵团体。第三篇报道为《今天，祭奠闽侯籍志愿军烈士》，从这篇文章中他发现福州铁路工务段还有 20 多名志愿军老兵健在。现在这些老兵年事已高，身体多病，他们只派出 4 位年纪较小的代表参加万安山志愿军纪念亭祭拜活动。兴华老人仿佛看到了一线曙光，心里豁然开朗，他想，自己这次没有白来，福州肯定还有不少父亲当年的战友，就是挖地 3 尺，也要把他们找出来。

兴华老两口阅览报纸后激动不已。心想，如果这次不来福州，哪能找到这三条重要的线索？

“281.2”高地
闽侯老兵的“上甘岭”
这是抗美援朝战争胜利前夕的一场阵地争夺战，37位闽侯籍战士在此为国捐躯

故事：结婚三天从军 牺牲在胜利前一晚

再回朝鲜
给三位战友扫墓

战地回忆 夜袭美军阵地 从“麻袋”里摸出敌人

4月2日往闽侯
祭拜抗美援朝烈士

从海峡都市报社出来后，兴华老两口辞别了福建省档案局的叶主任一行。根据这3条线索，他们以“先易后难，先近后远”的原则，首先到了福州铁路工务段。工务段地处福州北站，离西

湖有10多里路，坐公交比较方便，不用转车。兴华先到铁路工务段人事科。人事科长得知来意后，把该局20多位志愿军老兵的名册及电话复印给了兴华，并当场给好几位健在的志愿军老兵打了电话。结果较为遗憾，他们都是志愿军铁道兵，停战后他们集体转业到该工务段。他们与兴华父亲所在的24军没有多大的关系。那天下午，兴华老两口失望地回到宾馆住地。

晚上，田兴华翻来覆去地想，如何把志愿军老兵严义祥找到？报纸上只讲严老是晋安区，晋安区那么大，几十万人，怎么找啊？对于初到福州的兴华老两口，是个天大的难题。两人都已年逾古稀，又不会用手机搜索，只好坐公交车七弯八拐来到晋安区政府民政局，想查找当年复员退伍军人档案中是否有严义祥的档案。负责的干部暂时不在，旁边的同志要兴华等下。这一等就是1个多小时，可急坏了兴华老两口。终于，那个嘴里叼着一根烟的年轻干部来了。他看了一下兴华的介绍信，爱理不理的，说："严义祥志愿军老兵转业几十年了，我们怎么知道他在哪？""你们去找市政务中心。"几句话就把兴华老两口挡在门外，并把他们打发走了。兴华老人压着火气，良久没说话。老两口只好又搭公交车，花了40多分钟，来到福州市政务中心。政务中心信息服务部把严义祥的名字输入电脑，没有找到这个人。服务人员建议到晋安区公安局去查。晋安区地处福州的偏远地带，公交车倒了好几趟，等赶到晋安区公安局时，已经下班了。老两口只好找了一个小餐馆，填饱了肚子。下午上班前，他们来到晋安公安局政务中心。这里车水马龙，有上户口的，有查户口的，有办其他业务的，到处都是排队的人流。兴华老人想，凭一个外地人的介绍信，能不能查找严义祥的个人信息，还是一个问题，因为这涉及个人隐私。正当兴华老两口犹豫不决时，对面局长值班室的门开了，进去一位40多岁、肩上杠着3颗星的民警。兴华老人想，这一定是大领导。他便轻轻推开门，上前把介绍信和父亲烈士证递给了那位警官，小声请求说："局长，我是一位烈士孤儿。父亲在朝鲜上甘岭地区牺牲，我没有见过父亲。我们是长沙来的，想找父亲的战友。根据《海峡都市报》报道，有一位志愿军复员老兵叫严义祥的老人，住在贵区，我父亲同严老解放初期均在中国人民解放军25军当过兵，想通过严老了解父亲牺牲前后的情况和安葬地。"局长和蔼可亲地接待了兴华老两口，让座倒茶，并给兴华老两口写了一张小便条，要他们到另一个窗口去。而后，兴华老人把那位局长写的便条及严义祥的名字递进去，只见里面女警官在电脑键盘上一敲，屏幕上显示"晋安区鳌峰路鳌港苑小区5号楼"14个中文字。女警官打印好并递给兴华老人。他一股热流涌上心头，上午在晋安区民政局的碰壁和怨气一下子就没有了。

第二天一大早，兴华老两口坐了1个多小时的公交车来到鳌峰路。哪知鳌峰路分为东路、中路和西路，全长有10多公里。兴华老两口从东转到西，又从西转到东，哪里找得鳌港苑小区？问了10多位过路人，他们都不知道这个小区。这时已是下午1点多钟了，老两口肚子有点饿了，于是找了一家小面馆每人吃了一碗面条。俗话说，无巧不成书，那位开面馆的女老板对兴华老两口说："那个地方早已被搞了房地产开发，原住户都拆迁了。你们到前面100米处的一个派出所问一问吧。"

填饱肚子后，兴华老两口按照女老板指引的方向找到了鳌峰路派出所。派出所为头的叫杨所长。老两口把父亲的烈士证和介绍信及要找志愿军老兵严义祥的情况说了一遍，杨所长仔细看了下证件，得知老两口从千里之外的长沙来福州，又这么一大把年纪了，非常感动，又是递烟，又是泡茶，坐下来后说："严义祥老人就在我们这个小区，刚才他还在我们所里坐，他是一位80多岁的志愿军老兵，参加过上甘岭战役，离这里不远，经常到我们所里来玩，给我们讲上甘岭打仗的故事。”于是马上拿起电话，给严老挂通电话，把兴华老两口的来意告诉了严老。

一根烟的工夫，志愿军老兵严义祥就出现在兴华老两口的面前。

严老个子高大，身材魁梧，腰板笔直，脸上无皱纹，说起话来声音洪亮，从坐立的姿势就知道是一位老兵。严老有备而来，他把上甘岭战场上的立功证和抗美援朝纪念章都带来了。坐下来后，大家互相交换察看了各自所带的证章。接着严老给大家讲述了他在上甘岭战斗的故事。

严老出身在闽侯县下洋乡一个贫苦农民家庭。新中国成立初期，家乡解放，他报名参加了中国人民解放军，在25军73师217团1营驻防福州。1952年7月，25军撤销，他随23军73师入朝参战，开始在元山，后来开到平康接防志愿军15军的281.2高地的防线。那次战斗打得非常残酷，敌人像谷子一样洒满在281.2阵地前。志愿军伤亡也很惨重。严老说：“你们要找你们的父亲的战友,要到闽侯县去,那里健在的志愿军老兵还有300多人，那里还有一个叫周祯荣的志愿军老兵，同我是一个师，他是我们福州籍健在志愿军老兵的联系人，他那里保存着一本《中国人民志愿军转业复员军人在榕部分战友通讯录》，你们找他，一切都清楚了。”

严老与兴华老两口一聊就是一个多小时。这时派出所快要下班了，兴华老人只好收起话题，请杨所长拿手机同严老照了一张合影，然后，依依不舍地告别了严老和派出所的3位警察。

2016 年 8 月 27 日，田兴华与严义祥（左）于福州市晋安区合影

五　《闽侯乡音》报添砖加瓦

兴华老两口在福州待了三四天，不辞劳累，继续寻访。2016 年 8 月 28 日下午，老两口从福州仁德坐公交车到达闽侯县城，在县委招待所住下后，就打听到县委有一份机关报《闽侯乡音》报，是公开发行的地方报纸，发行面遍及全县机关、学校、企事业单位及乡村，在闽侯影响很大。兴华与老伴商量，决定借助《闽侯

乡音》报寻找父亲的战友。

29日上午8点钟，老两口来到离县委大院不远的闽侯乡音报社。该报在一个小巷子里一栋楼的5层，面积不大，只有几十个平方米。办报人员也只有十几个，看上去都年轻精干。每周出一张8开的大报，发行几万份。接待他们的是王立强总编辑，他40多岁，个子不高，讲话轻声细语，和蔼可亲。他听了兴华老人的介绍后，非常感动，亲切地说："田老，您父亲和千千万万志愿军烈士为了我们国家流血牺牲，换来了我们今天的和平幸福生活，我们有责任有义务帮助你们为寻找父亲战友出一份力。"于是，他把精干的林若野记者、县民政局优抚股陈股长、负责县城内志愿军老兵的联络员周祯荣等人一并请来，在会议室召开座谈会，集体听取兴华老人的寻父汇报。兴华坦言，为了寻找父亲的踪迹和忠骨，哪怕大海捞针，也志在必得。4年来，自己花费数万元，曾先后赴北京、承德、丹东、沈阳等地，行程上万公里，在中央电视台、历史博物馆、抗美援朝纪念馆、多地民政局、档案馆、有关烈士陵园等地走访。今天来到闽侯，期望获得新的成果。大家听了格外感动，表示尽量相助。在会议上，闽侯县民政局陈股长介绍了该县志愿军221位烈士的分布情况，以及健在的100位转业复员老兵的名单和他们抚恤优待情况；并把《闽侯县抗美援朝老复员军人信息表》及家住农村享受国家优抚补贴的59名志愿军老兵名单、家庭住址告诉兴华老人。原志愿军23军73师218团2营卫生员周祯荣提供了《原中国人民志愿军转业复员军人在榕战友名册和通信地址》，介绍了他在朝鲜战场上抢救志愿军伤兵的情况。根据兴华老人描述的他父亲的牺牲情况，周老判断他的父亲应该被埋葬在朝鲜金城烈士陵园。他说："我当时在朝鲜战场上当卫生员，经常送伤员去后方医院。根据田全仁的情况，判断当时应该被送到九兵团医院。1953年那里收治的平康前线和432.8高地送下来的伤员很多，我本人还送过好几个呢。而那里牺牲的烈士都葬在金城烈士陵园。”另外，《闽侯乡音》报记者林若野把他珍藏的《闽侯县抗美援朝纪念册》送给了兴华老人。王总编还热情招待了午餐。

2016年6月28日，田兴华在福州市闽侯县与父亲生前战友周祯荣（左）合影

座谈会后，王总编、林记者又派出专车，会同兴华老两口一道到离县城上百公里的白沙镇和竹岐乡等地，走访了5位志愿军老兵。寻问他们的参军时间、部队番号，现场察看他们保存的立功证、纪念章、退伍证，看是否有和兴华的父亲一个连队或者一个营的战友。下午还陪同兴华老两口瞻仰了设在县城附近的万安

山志愿军烈士纪念亭。走访采访回来，王总编、林记者连夜赶写了一篇《爸爸，您在哪儿？》的稿子，在《闽侯乡音》报用2个整版刊登。文稿分为“爸爸，在哪儿？”“漫漫寻父路”“希望的点滴”3个小节，共3000多字，配有彩照。报纸于第二天发行后，很多热心人打来电话，提供不少新线索。

本版编辑：吴国棋
美编：方玲燕 张威
电话:0591-22077110
2016年9月5日 星期一

闽侯乡音

战友；田兴华激动地不能自已，见面时一直和两位老人攀谈，问他们关于朝鲜战场上的记忆，令人惋惜的是，由于两位老人都年过九旬，且和田全仁烈士分属不同的营连，故而对他并没有多少记忆。“我已经很满足了，寻亲多年，我还是第一次见到父亲一个团的战友，在他们身上我隐约也能看到些爸爸的影子。”田兴华激动地说。

就在田兴华以为自己将带着遗憾返程之时，闻讯赶来的老志愿军周祯荣，通过田兴华的描述，判断出田全仁烈士应该是被埋葬在金城烈士陵园。“我抗美援朝的时候当卫生兵，经常送伤员去后方医院，根据田全仁的情况，我判断他当时应是被送往了九兵团医院，53年那里收容了平康前线和‘432.8’高地送下来的伤员，我本人就护送过好几个呢，而那儿牺牲的烈士多葬在金城烈士陵园。”周祯荣如是说。得知父亲可能的埋骨地，田兴华非常激动，连连表示一定去现场看看，在那里祭奠自己的爸爸。

“来闽侯这几天，当地部门都很热情的帮助我，周老先生还给我提供了好几个健在的222团老兵的线索，并答应帮我联系，一确认有消息就立刻通知我。”田兴华说，他告诉记者，自己已经得到了父亲整编后部队如今的地址，对方也表示欢迎他去寻找线索，他相信有了这些好心人的帮助，自己一定可以“找到”爸爸！

朋友们，如果您有田全仁的相关线索，或者认识他的战友或战友的后人，请与联系闽侯乡音电话22077110，您的关注和援手，都将成为田兴华老人希望的点滴，帮助为国捐躯的烈士寻得“回家”之路。

■新闻链接

从1951年7月开始，朝鲜战争就形成了边打边谈、军事斗争和外交斗争交织在一起的十分复杂的斗争局面。至1953年1月，美国已经在朝鲜损失了10余万兵员，直接军费开支150亿美元，间接军费开支达到800亿美元。沉重的军费负担和巨大伤亡，使得美国民众厌战情绪高涨，因此美国及其欧洲盟国希望通过军事压力迫使中朝方面接受美国的停战条件，“体面地结束战争”。

此时，美国与南朝鲜当局的矛盾也开始暴露，因为停战一旦实现，李承晚当局以武力“统一”朝鲜的计划就成为泡影，故而李承晚当局对停战协定持强烈抵触态度，并借机向美国漫天要价，阻碍停战谈判进行，这种严峻的抗美援朝战争形势，引起毛主席的高度重视。

为加深美国和南朝鲜李承晚当局之间的矛盾，给以李承晚更大压力，争取实现稳定可靠的停战，经彭德怀建议，毛泽东于6月21日晚决定在停战前再给以南朝鲜以军事打击，据此，志愿军调整了作战计划，组织进行夏季反击战役第三阶段作战行动（即金城战役）。

经过充分准备，志愿军于7月13日21时发起金城战役，整个战役分为三个阶段，其中第一阶段主要为突破防御，攻占金城以南突出部地区，攻打432.8高地的战役就在这个时间段里。13日21时，第20兵团各部及第9兵团第24军，在1000余门火炮支援下，向对方防御阵地展开猛烈突击，一小时内即全部突破其前沿阵地。

14日零时，第9兵团第24军歼灭了注字洞南山、杏亭西山守军2个营、4个连另1个营大部，继之向榛田里、432.8高地发展进攻。至14日13时30分，第24军终于占领了432.8高地及榆谷以北地区，控制了上、下九井间公路。至此，第20兵团在第24军配合下，经21小时激战，占领了对方3个多师的防御地带，歼敌1.4万余人，拉直了金城以南战线，完成了战役第一阶段任务。

据战后统计，金城反击战役，志愿军共计歼敌52880人，其中俘敌2836人，超过预定歼敌数目5倍。击毁敌机85架、缴获1架。缴获坦克34辆，汽车231台，各种火炮245门和大量的枪支弹药及其他战利品。金城之战是抗美援朝中最后一战。

《闽侯乡音》报（文选）

在闽侯那几天，正是农历七月，烈日高照，天气炎热。在一周的劳累奔波中，兴华吃不好，睡不香，加上心里急，湿疹和内外痔又复发了；老伴也近70岁，患有低血糖病，一劳累就晕倒。本来想多待几天，抓住有关的线索再深入下去，可力不从心。老两口商量决定，暂时鸣锣收兵，回家休整几个月，明年再来。兴华老人对《闽侯乡音》报王总编和林记者全力以赴的支持，非常感激和难忘。9月1日，老两口在县城一家广告公司制作了一面锦旗，绣上“千里寻亲遇雷锋”几个大字，于临走前送到闽侯乡音报社，感谢他们对寻亲的支持和帮助。

之后，闽侯乡音报社一如既往地支持着兴华。从2017年7月3日至2018年12月28日，先后又为他刊发了4篇寻父文稿。分别为2017年7月3日第1版《烈士后代再赴我县寻访父亲当年战友》，2018年4月6日第4版《只要还能动，我就要让父亲“回家”》，2018年11月9日第3版《爸爸，我来接您回家》，2018年12月28日第3版《英雄回家》。

六　向国家信访局领导求助

第一次福州行返回长沙后，兴华在长沙某医院经过几个月的调养，身体慢慢恢复。他的脑海里总是浮现父亲的英魂，不断萌发再次去福州闽侯寻找的念头。上次只发现父亲战友的几条线索，没有精力和时间跟踪深入，无从尽意。他想，闽侯当年有2030名青年参加父亲所在的25军入朝参战，除221名烈士牺牲外，绝大多数转业复员回乡，况且还有300多名拿国家生活津贴的志愿军老兵，这些人中肯定有当年同父亲一条战壕的战友。只要不放弃，就一定能找到父亲生前的战友；如果找到他们，就有希望在他们当中找到父亲的一张照片，哪怕是合照也行。

2017年6月27日，初夏，阳光充足，气候温和，适宜于户外活动。兴华考虑老伴有低血糖病，决定一个人再次下福州闽侯寻访父亲的战友。

这第二次来福州，兴华已年满70岁。随着年龄的增大，他知道自己寻找父亲的机会越来越少。他暗暗地鼓劲，只要寻找的脚步不停，总有一天能跪拜在父亲的墓前，在父亲的坟前挖一把土，把父亲的英魂接回家。但是说起来容易，做起来难啊。兴华第二次福州之行，虽有收获，进一步了解到父亲在福州和入朝后的活动轨迹和英雄事迹，但父亲的朝鲜墓地仍然缺乏精准的指引，达到目标还有不少的路要走。

正如一位接待他的民政干部所言，你父亲当年部队到福建后入朝作战，如在福建牺牲安葬在福建，我们可以帮助您找，可是牺牲在朝鲜，叫我们怎么帮助您找呢？志愿军老兵周祯荣提供的《原中国人民志愿军转业复员军人在榕战友名册和通信地址》，里面虽然有103名老兵，但通信地址和电话号码都是以前的，老号码都无法打通；家庭地址虽然清楚，但是近20年，国家经济飞速发展，房地产开发遍地开花，一些老地址已与现实不相符，甚至是面目全非。怎么办呢？兴华一度感到疲惫，想打退堂鼓，甚至想鸣金收兵，放弃算了。他自言自语地说："儿子只有这么大的能力，父亲不要怪罪儿子不孝，把您的英魂留在朝鲜吧。"那天晚上，他在闽侯县县委招待所做了一个梦，梦见一个志愿军战士，很像爷爷小时候给他讲述的父亲，胸部被弹片击穿，鲜血直流。他躺在兴华面前说："儿子，父亲埋在朝鲜中线五圣山一个山窝里，这里荒无人烟，凄凉得很。你一定要把我接回家……”兴华顿时放声大哭，回答说：“爸爸，我一定找到那座山，把您接回家去。”

古人云：“逝者魂安，生者欣慰。”兴华父亲的墓地不知在哪里，英魂还在异国他乡游荡，这怎么叫兴华老人欣慰？兴华老人暗暗告诫自己，寻亲的路再远、再险，也一定要把父亲的埋骨处找到，不枉父亲生儿子一场。正当他进退两难时，他在闽侯县委招待所听到一些福建籍客人聊天时谈到，十几年前，国家信访局一些领导到闽侯了解基层民情，帮助很多志愿军老兵和当地老百姓解决实际困难的故事。兴华猛然醒悟过来，决定向国家信访局领导写封求援信，请他帮助寻找父亲在朝鲜安葬地。

于是，在离开福州前的那天晚上，他给国家信访局的领导写了不到千字求助信。落笔后心潮澎湃，整个晚上基本没有合眼，眼睛也熬红了。为不给单位增加麻烦，他没有到单位人事处开介绍信，只在求助信的后面写了他的姓名、单位、身份证号码、通信地址、手机号码、发信时间等。

求助信的内容如下：

敬爱的国家信访局领导：

您们好！

甫提起笔，想到你们日理万机，需要操劳那么多国家大事，我却冒昧写信打扰，心中难免有惶恐之情。然而，古人云“百善孝为先”，为寻父尽孝道，我已经费尽心思，却未能如愿。万般无奈之际，我只能鼓起勇气给你们写信了，望能得到你们的帮助。

我叫田兴华，曾是湖南省军区党史办副团职干事，后为湖南省档案局正处级退休干部，现年过七旬。父亲是湖南辰溪人，1947年2月参加中国人民解放军，在华东军区25军74师222团1营机枪连任军械上士，后任供给员。参加过孟良崮、渡江、解放大上海、解放福建等战役。1952年9月，父亲在福建集训后随74师入朝参战，先后立过两次三等功，1953年7月15日在朝鲜金城反击战平康前线432.8高地战斗时牺牲。我对于上述，烈士身份、怃恤及史实考证，均清楚无疑。

然而70余年过去了，我也年过古稀，儿孙满堂。但我思念父亲的情绪不但没有减弱,反而越发激烈！父亲生得什么样？为何没有留下一两张肖像？为国、为世界和平捐躯的忠骨今何在？子孙后代欲尽孝凭悼扫墓当去何处？这些问题始终困扰着我。

身为人子，不能承欢膝下已是天伦有缺，如果再无法寻得父亲生存过的痕迹，无法在父亲埋骨处祭拜，我实是心中难安！为此，我立志要寻父亲的痕迹，找到他的埋骨处，也不枉他生我一场。

2015年8月20日，我向中央电视台《等着我》栏目求助，虽于次年6月得到回复，却因资料难寻至今无果，从2016年初开始，我已花费数万元，到北京、张家口、承德、福建等地，行程数千里，找到了父亲的老部队74师（即现在81集团军某摩步旅）见到了相关军史、战例、回忆录等，得知我父入列志愿军部队是从福建出发的，其生前战友多为福州闽侯籍的。该县1951年9月有2030名青年入伍、入朝参战，今有近百位老兵健在。我得知消息，十分欣喜，先后2次赶到福州，在当地政府部门积极配合下，用了20多天找了15位老同志。虽有收获，但未求得理想的结果，使我心焦烦躁，茫茫寻父路，不知尽头在何处?

领导，我往返福建等地，喜闻乐见的是你们当年在福州多地好评如潮，令人开心与喜悦，欣慰自己有缘此地寻父归宿的信息，求解这名志愿军烈士长眠于何处，继父辈伟业，承烈士英豪，传后人前行。敬爱的领导，若你们能抽暇帮下我：一是帮我找到一至两个健在的福州籍的父亲生前战友，通过他们了解我父当年的情况；二是帮我找到父亲的埋骨之所，以尽孝道，将是我一生的荣幸！

求助人：田兴华

2017 年 8 月 10 日于长沙

兴华万万没有想到，他寄信后的 7 天，即 2017 年 8 月 17 日上午，他的手机响了，区号为 010。他马上接了，问对方是哪里。手机里传来一个男同志的声音，说他是国家信访局的。那人告诉兴华老人，写给领导的信收到了，已通过互联网把信转到了福建省信访局和省民政厅，他们会帮兴华老人认真处理的。如果兴华老人要查询处理有关事宜，请查询国家信访局的官网查询信访事项办理情况，登记时间为 2017 年 8 月 17 日。信息如右：

国家信访局的官网发布查询信访事项

国家信访局转发信的第九天，兴华就收到了福州市民政局发来的《信访事项受理情况告知单》（榕民信函字〔2017〕75号），后又收到《信访事项答复意见书》（榕民信函〔2017〕19号），内容如下：

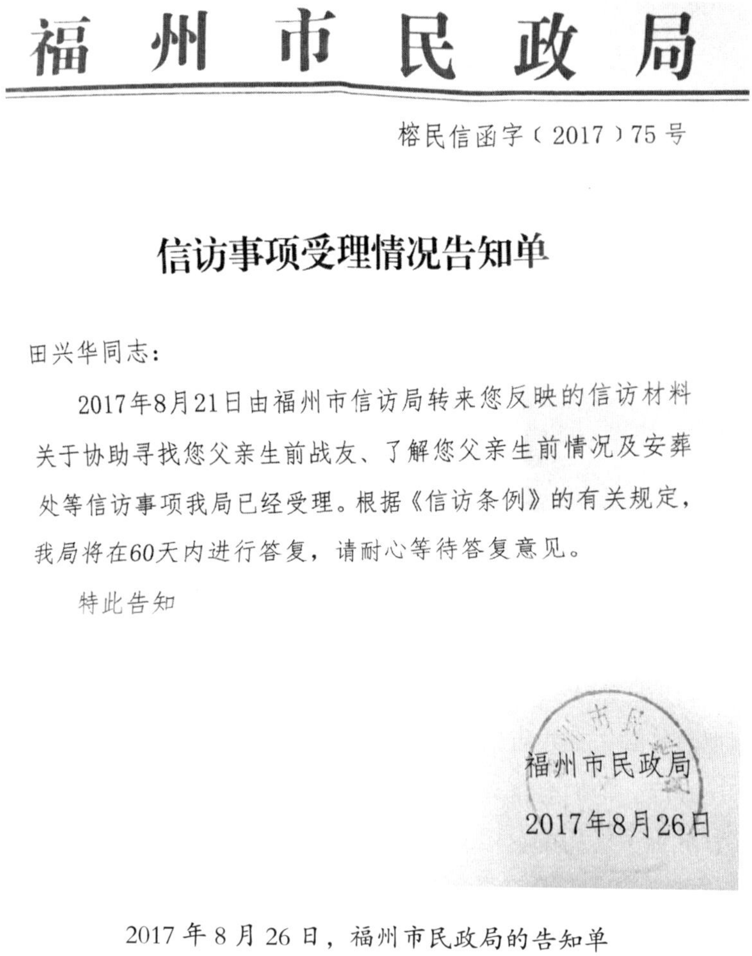

福 州 市 民 政 局

榕民信函字（2017）75号

信访事项受理情况告知单

田兴华同志：

2017年8月21日由福州市信访局转来您反映的信访材料关于协助寻找您父亲生前战友、了解您父亲生前情况及安葬处等信访事项我局已经受理。根据《信访条例》的有关规定，我局将在60天内进行答复，请耐心等待答复意见。

特此告知

福州市民政局

2017年8月26日

2017年8月26日，福州市民政局的告知单

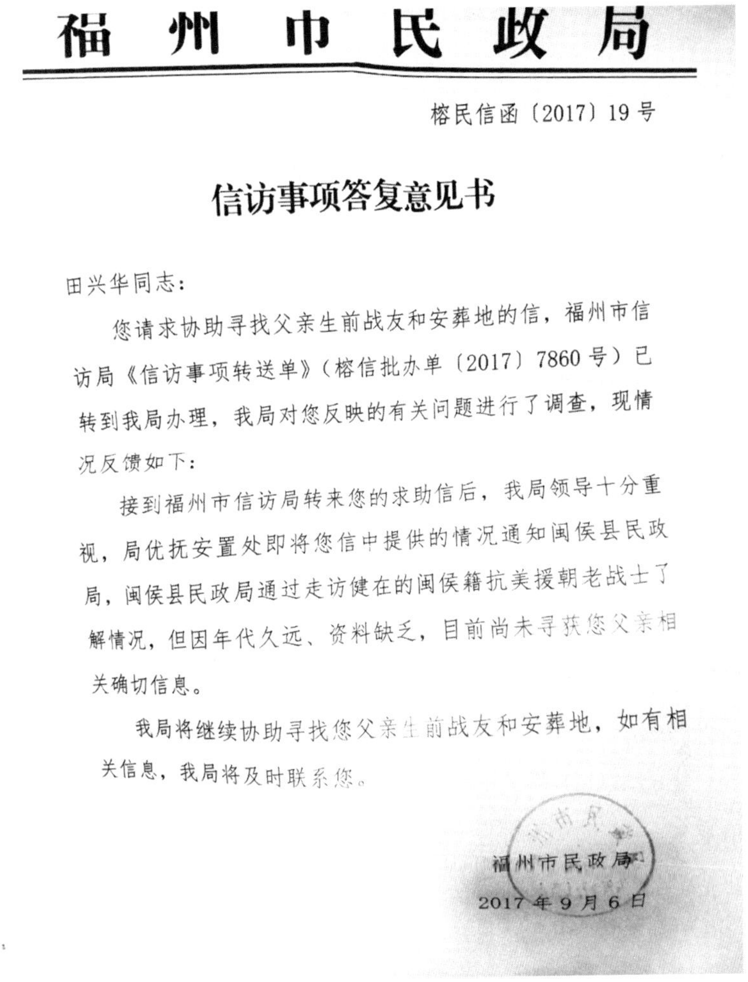

福州市民政局

榕民信函〔2017〕19号

信访事项答复意见书

田兴华同志：

您请求协助寻找父亲生前战友和安葬地的信，福州市信访局《信访事项转送单》（榕信批办单〔2017〕7860号）已转到我局办理，我局对您反映的有关问题进行了调查，现情况反馈如下：

接到福州市信访局转来您的求助信后，我局领导十分重视，局优抚安置处即将您信中提供的情况通知闽侯县民政局，闽侯县民政局通过走访健在的闽侯籍抗美援朝老战士了解情况，但因年代久远、资料缺乏，目前尚未寻获您父亲相关确切信息。

我局将继续协助寻找您父亲生前战友和安葬地，如有相关信息，我局将及时联系您。

福州市民政局

2017年9月6日

2017年9月6日，福州市民政局的答复

接到福州市民政局意见书后，兴华老人心里非常欣慰。在寻亲之路无法走下去的时候，兴华老人冒着胆子给国家信访局领导写了这封求助信，结果只有7天就收到了国家信访局的回电。不几天，又收到了福州市民政局的回复。虽然因年代久远，资料缺乏，没有确切的答复，但他们答复：“如有相关信息，将及时联系您。”作为退休干部，写了一封普通的求助信，得到国家有关部门的高度重视，这怎么能不叫兴华高兴？这使他在寻亲路上更增强了信心。兴华老人坚信党和政府的支持，加上很多好心人的帮助和支持，只要他不放弃，他一定能寻找到父亲生前的战友，了解到父亲牺牲后的安葬地。

七　尊崇英烈，“志愿者”出阵给力

2017 年 9 月 6 日，接到福州市民政局的回复，兴华老人心里非常高兴，感到有组织上的关心、支持，寻亲的愿望不久的将来一定能实现。于是，决定 2018 年 6 月 6 日第三次走访福州，先到市民政局询问父亲安葬地的调查结果，再到闽侯深入细访。

兴华的第三次寻父的行动，感动了一位老者周远位。他与兴华是老乡，在省军区时是老战友，转业到湖南省高级人民法院任办公室领导，系三级高级法官。老周比兴华大两岁，精通文秘。在兴华寻亲困难时，经常给他鼓劲打气，出点子，当参谋，搞策划；还给辰溪县人民政府官网的《领导信箱》发出文稿，题为《提请关注田兴华寻找烈士父亲事》，受理号：201811110909301。这次听说兴华第三次到福州寻找父亲的安葬地，便主动自掏腰包，耗钱、耗时陪同兴华一起去福州。

2018 年 6 月 7 日 8 时，兴华和老周乘坐高铁来到福州，在白湖亭地区 888 宾馆住下。那里离福州市民政局比较近。6 月 8 日上午 9 时，两位准时来到福州市民政局办公室。民政局设在政务中心的 8 楼。一位姓张的干部接待了他们，来之前兴华老人给他通过电话。他 50 多岁，看样子是一位快要退休的干部。兴华首先汇报了他们来福州的目的，他俩也不知道那位姓张的干部是哪级干部，只知道他姓张，就喊他张主任。当兴华把所带的资料呈给他看时，他不耐烦地说："田同志，如果您父亲战争年代牺牲在福州，我可以给您在福州找；您父亲牺牲在朝鲜，叫我们怎么找？"一开口，就把兴华老人寻父的大门给关上。旁边还有几位干部帮腔。兴华火气涌上心头，他 4 年来走南闯北几千里，上至国家民政部、解放军档案馆、中央电视台，下至县乡村落，都没有遇到这样的干部！眼看气氛紧张，差一点就要吵起架来，周远位走到兴华身旁，把他拉开，并上前解释说："张主任，他不是要您在福州找他父亲的安葬地，而是要您帮助他寻找父亲的战友，通过他父亲的战友，求得知悉他父亲的安葬地。你们工作忙，请您给闽侯县民政局打个电话，让下级单位协助办理。"周老的解释，使紧张的气氛缓和下来。那位民政干部心情也慢慢地平静下来，他给闽侯县民政局打了一个电话。

兴华不愉快地离开福州市民政局，当天下午又来到了闽侯县招待所。当时正是夏季，烈日炎炎，空气闷热。为了提高效率，他们将主要对象缩小到兴华父亲所在的 222 团 1 营健在的战友，把《原中国人民志愿军转业复员军人在榕战友名册和通信地址》中和《闽侯烈士传记》中有关 222 团 1 营的烈士挑选出来，列出了一份 37 人的名单，准备逐个地找。但是，这 37 人的通信地址都是 2000 年的，座机都是 5 位数。有的住址迁移了，没迁移的也因房地产开发联系不上。

在闽侯那 10 多天里，兴华和老周每天早出晚归，四处奔走。他们顶烈日，冒酷暑，脸也晒黑了，人都疲倦不堪。一天晚上，两人从街边饭店吃完饭回招待所客厅休息，遇到一位女士，30多岁，是闽侯县大湖乡的工作人员，名叫雷小花。兴华已是第三次来闽侯，每次都住在这里，经常在会客厅碰到她，慢慢也就熟悉了。她问兴华来闽侯干什么，兴华老人介绍了自己的身份以及父亲的情况，并把闽侯志愿军老兵周祯荣老人提供的那几页打印件，即原222团1营的37名闽侯籍志愿军老兵名单递给她看，请求她在方便时，把这37个名单上的人，现在住的地址和电话查找一下，以便今后有的放矢地寻找。雷女士看了以后，热心地跟兴华说："田老，我被你们寻找烈士父亲足迹的举动所感动。我有一位朋友，在我们大湖乡派出所当所长，叫张学略，专管户籍人口，他对全县人口档案比较清楚，可以请他把这些人现在的地址、电话号码弄清楚，核对后，提供给您。"

2017年9月10日，田兴华（中）与张学略（左）、雷小花（右）于福州市闽侯县合影

雷小花把张学略约到招待所。他俩打开电脑，按照兴华老人提供的名单，一个一个查找。有些地址模棱两可，他们第二天就骑着摩托车下乡，实地查找，上门核对。最远的地方，他们跑了20多公里。硬是把37人中的36人弄清楚了，包括身份证号、现住址及他们的座机或手机等。然后打印成册，第三天提供给兴华老人。雷小花女士又主动把自己的手机号码告诉兴华，并说有需要帮助的地方打电话给她。兴华拿着这份名单非常感动，不知用什么言语来表达感激之情。他自言自语地说："世上好人多。上天有眼，一直在帮助我。"兴华老人当场给2位行了一个举手军礼，并盛情邀请他们方便时到长沙做客。

八　老兵陈礼源讲述当年征程

2018年6月9日上午9时，闽侯乡音报社的会议室，灯光通明，室内长方形会议桌的四边，坐满了近20位嘉宾。除5位志愿军老兵外，还有王总编、林记者及陈股长等3人，以及兴华父亲老部队某部摩步旅的两位军人。兴华万万没有想到的是，陈礼源、林周祥两位志愿军老兵就在他父亲当年所在的营。24军74师222团1营机枪连89岁的老兵陈礼源，家住竹歧乡元格村，他一大早赶了30多里路；222团1营1连86岁高龄的老兵林周祥，在县林业局副局长任上退休。出席会议的还有周祯荣，84岁高龄。这些老兵虽然年过80岁，白发苍苍，但身体硬朗，思维清晰，谈吐清楚。兴华第一次见到父亲这么多的战友，激动不已。看到老兵，仿佛见到了父亲的影子。在王总编宣布会议开始后，兴华马上与陈礼源、林周祥攀谈起来，闽侯话很难懂，只好请王总编当翻译。他请两位老人讲慢一点，并不断引导他们说说他父亲的事迹。

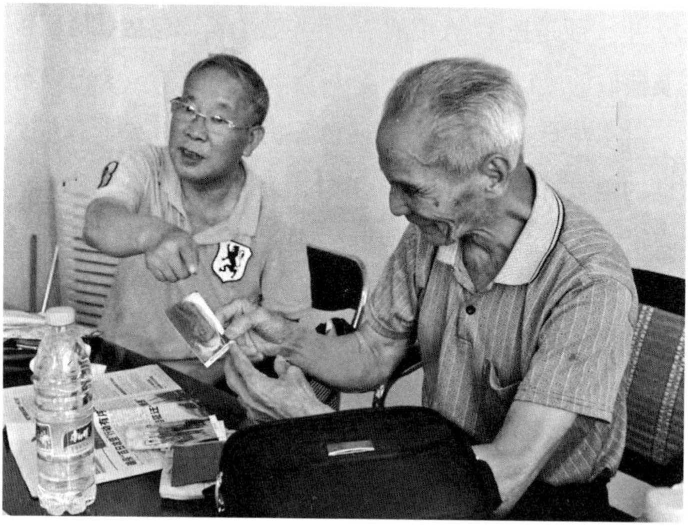

2018 年 6 月 9 日，田兴华（左）与志愿军老兵陈礼源（右）交谈

89 岁高龄的陈礼源老人慢慢地回忆说：

1950 年初，闽侯解放不久，我就参军了，在原华东军区 25 军 74 师 222 团 1 营机枪连当战士。当时同我一起入伍的有 2030 名热血青年。入伍后，首先到泉州晋江参加海训。那时，我在机枪班扛机枪，兴华的父亲田全仁是个老兵，在炊事班当上士，负责外买和采购。那时，我们的海训任务很重，为解放台湾做战前准备。部队里北方战士很多，大多是旱鸭子，为学会武装泅渡，在附近老百姓家里找来门板和木材，在海边练习；防止海上晕船，去海滩边树丛里练打秋千。兴华的父亲每天 6 点钟就带着炊事班的一名战士，挑着担子到

附近市场买菜。回来后，在搞好连队生活的同时，还挤时间下海训练。他爱好拉琴，自己做了个二胡，休息时，就在连队驻地一边拉二胡，一边唱自己编的歌，给大家鼓劲。1951年11月，连队驻在晋江西霞村。1营党委为表彰他“积极工作，埋头苦干，努力学习，帮助别人，克服困难”的精神，给他记了一次三等功和一次四等功。

陈礼源老人呷了口茶继续说：

1952年7月，部队在泉州集训期间，突然接到军委命令，25军撤销，所辖的74师成建制划给24军，准备到江西上饶集中乘火车北上。在离开泉州前，有当地很多闽侯籍“南瓜兵”战士的家长带着鸡蛋、水果来看望自己的儿子。那时抗美援朝战争打了一年多了，部队北上抗美援朝的消息严格保密，只有营以上领导才知道。从泉州到福州，有一段水路，船上有一些新兵闻到火药味，害怕上战场，在伸手不见五指的深夜，趁大家熟睡时，潜水逃走了。兴华的父亲和我是好朋友，开始也怕死，可怕死也没有用，人总有一死，为了保卫祖国死也是光荣的，何况怕也解决不了问题。田父谈了他为躲壮丁参加解放军的经历。部队对他很好，教他学文化，学军事本领，培养他光荣地加入中国共产党组织，把一切交给了党，交给了部队。有一次，在泉州街上买菜时，田父见到过村里一位做生意的老乡。田父非常想家，但是美帝国主义把战火烧到鸭绿江边，怎么能当逃兵呢？两人从泉州坐船到福州，聊了很多很多。上船后，又转乘货车，到江西上饶。在上饶训练了一个星期。有一天，田父在炊事班加班加点做了很多饼，作为干粮发给大家，足足可以吃7天。大家感到非常奇怪，发那么多饼干啥？第二天，连队突然接到命令，坐闷罐火车出发。火车没有窗户，看不见车外的山山水水，车内大家你看我，我看你，议论着去哪里。只知道闷罐车北上，到什么地方一直保密。火车到徐州转车时，看见了“徐州火车站”五个大字。部队休息10多分钟后，又换上另一辆闷罐车继续北上，我们才知道部队是入朝参战。

陈礼源老兵停了会儿，再呷了口茶继续说：

1952年8月下旬的一天，部队到了吉林省辑安。我们的连队住在当地一栋民房里。那时北方已进入冬季，我们来时在南方穿的都是单衣单裤，可吉林已开始下雪。部队给我们发棉衣、棉裤、棉鞋，配发了中国人民志愿军字样的胸前符号，进行入朝前的动员和准备。部队开始对我们进行爱国主义和国际主义教育，并学习“缴枪不杀”“阿妈尼”“吃饭”等简单的朝鲜语，请朝鲜族老百姓介绍朝鲜的风俗习惯。要求写决心书，组织誓师大会。誓词大意是：我们中国人民志愿军，为了反对美帝国主义的残暴侵略，援助朝鲜兄弟民族的解放斗争，为中国人民、朝鲜人民和亚洲人民的利益，我们志愿军开赴朝鲜战场，与朝鲜人民并肩作战。为消灭共同的敌人，去争取共同的胜利而奋斗。我们以英勇顽强的战斗意志，坚决听从命令，听从指挥，决不动摇。发扬吃苦耐劳的精神，克服一切艰苦困难，发扬革命英雄主义，在战斗中创奇功。我们拥护尊重朝鲜人民领袖金日成将军的领导，尊重朝鲜人民的风俗习惯，爱护朝鲜的一山一水一草一木，和朝鲜人民、朝鲜军队团结一致，将美帝国主义的侵略军队全部、干净、彻底消灭。那时，部队入朝前都要保密，不能往家里写信。听完动员，要表决心。在表达决心中，有的战士还写了血书。

2017 年 6 月 28 日，田兴华（右）与陈礼源（左）合影

陈老接着往下说：

那天晚上，田父翻来覆去睡不着。他个子不高，人很聪明，鬼点子多。他曾多次想请假回家，但因战备训练紧张，不能成行。入朝之前不能通信，他就想别的点子。他花钱扯了 2 尺布，要布店开了一张发票，把家乡地址告诉布店老板，

请他将发票和布寄回老家。没有写任何信件。他想，家里收到吉林寄来的发票和布匹就知道他进入朝鲜了。他觉得这个举动没有违反部队保密的规定。

陈礼源继续回忆说：

入朝前，我们把多余的东西寄存在74师留守处，当晚从吉林的辑安简易木桥上过了江。入朝后，我和田父分开了。听说他调到营部任供给员，我仍在连队。从辑安到朝鲜元山港1000多里路，我们白天睡觉，晚上行军。那时敌人的飞机像燕子一样，空中到处都是。我和田父分散后的情况，不是很清楚。可以去问问1营营部他的战友……

九　老兵尤本灿讲述朝鲜战场往事

俗话说，饭要一口一口吃，仗要一个一个打，事要一件一件办。2018年6月9日，座谈会结束后的第二天，兴华马不停蹄，依照《原中国人民志愿军转业复员军人在榕战友名册和通信地址》指引，把24军74师222团1营任通信员的尤本灿老人作为第二次必访的重点人选，因为尤老和兴华的父亲在同一个营。尤老家住白沙镇孔源村，离县城不远。第二天一大早，兴华乘公交车来到孔源村。《闽侯乡音》报王总编怕兴华老人不熟悉路，给白沙镇民政办的潘小平主任打了一个电话。兴华在镇民政办两位同志的陪同下来到尤本灿老人家里。

尤老当时已84岁高龄，住在乡村公路旁，是一栋直通的简陋的木房，大概34多平方米，前面还有一栋稻草盖的旧柴房。尤老个子高大，腰板硬朗，思维敏捷，吐词清楚，因长期接近首长等职业原因，普通话比较标准。来人一进屋，他立即示座泡茶。大家首先拉起了家常。老人的一位外孙女照顾他的日常起居。老伴2017年因癌症去世了。他说到这里，眼睛有些湿润。一个儿子分了家，也住在白沙镇孔源村。尤本灿老兵1935年出生，住在排元山下，家里4兄弟，全靠父亲帮别人做苦力维持生活。因为家里穷，3个弟弟先后饿死。1950年解放军来了，尤本灿听说当兵可以吃饱饭，14岁的他就报名参了军，在25军74师222团1营6连当通信员。

尤本灿回忆说：

我们在泉州主要是政治学习，军事训练。发的枪是三八大盖。不久，接到命令，乘小轮船到福州建新码头。经过2天1夜的乘船和坐车，我们就到了江西上饶。训练了1个星期，乘铁皮火车，经过6天漫长的长途旅行，抵达吉林省辑安。在辑安经过了1个多星期的出国前短期培训。9月的季节，鸭绿江没有多少水。我们从一座简易木桥步行跨过江，团首长的吉普车都是从江里开过去的。出国时，营首长看见我年轻，个子高大，人又聪明，把我调到营部当通信员。这时我们已发了北方的棉衣棉裤，穿上了带志愿军标志的军装。在营部，我认识了你父亲，他已是营供给员，主要负责营机关干部战士生活。出国时，我们每个人要背60—70斤的东西，有1支枪、100发子弹、4枚手榴弹、1把铁铲、1个水壶，还有棉被、衣服、胶鞋、牙膏牙刷等生活用品，此外，每人还要背羊肠般的白布袋，袋内装有4斤大米。你的父亲他们炊事班，还要背1个煮饭的大铁锅，还要带肉、大白菜、四川榨菜等一天的生活食品，他们背负的重量比一般战士更重。那时，天上乌云密布，天下着淅淅沥沥的秋雨，辑安市区繁华的城市几乎空寂无人，街上更显得静悄悄的。沿街的玻璃窗上贴有防炸弹震动的纸条，更增添了几分临战的氛围。部队秘密出征，市民大多未发现，也没有人出来送行。只有路面的积水和孤寂的街灯。登上鸭绿江的简易木桥，中间两国哨兵并肩守卫着。一条宽约20厘米的白线，这就是庄严的国境线。举足跨过这一道白线时，我们的心情难以形容，大家情不自禁回头望一眼离别的祖国。朝鲜那边的情形真是惨不忍睹。公路到处都是弹坑，几十米一个。朝鲜伤员拄着拐杖往后撤，老百姓在公路上逃跑。我们部队白天吃饭睡觉，晚上行军，尽量避开公路，走乡村小路。行军中，不准抽烟和打手电。因为两边山上都有潜伏的特务，如果发现声音和光线，他们马上发出信号到航空母舰上，敌机如大雁般飞到我们头上，开始丢照明弹，而后拉羊屎般地丢下炸弹。从辑安到元山港近千里，沿途崇山峻岭，地形起伏崎岖，部队在敌机昼夜突袭的情况下，每人背负冬装、弹药、主副食品等20余种行装，平均重达65斤。我们一般晚上5点钟开始行军，第二天早上6点钟开始睡觉。我们都住在树林里。您父亲炊事班更辛苦，到了树林子，放下背包和铁锅，就要用铁铲挖灶、做饭。一般以连队为单位做饭，每个班一桶饭，2—3个菜。你父亲个子没我高，是个老兵，很能吃苦。在行军中，除背自己的那些东西外，还要帮别人背东西。他一边行军，一边还要做宣传鼓动工作，住下来就给大伙烧水泡脚。从辑安到朝鲜元山，千里行军中，222团党委为表彰他的事迹，又给他荣记三等功一次。立功簿上是这样写的："该员在入朝参战行军中，在炊事房担任供给员工作，能以身作则，热心想尽办法，把事务房的工作做好，对炊事房工作抓得紧，帮助房东解决困难。"行军路上，雪花飘飘，风餐露宿，昼夜兼程。积雪融入人体，浸湿了背包棉衣，每个人的眉毛和胡须都是白霜。

部队到达元山，我们接替27军防务，在481高地防御美军从海上登陆。

1952年底，部队奉命开赴朝鲜中线，接替15军西方山、五圣山、平康、上甘岭等地区的防御任务。那时，正值隆冬，大雪纷飞，积雪1尺多深，气温降到零下37摄氏度。我们冒严寒，踏冰雪，顶寒风，冲过无数敌机、敌炮的封锁，翻山越岭，克服重重困难，经过7天7夜风雪行军，抵达指定地点——平康西方山。西方山在朝鲜中部五圣山西侧，其中隔着一条汗滩川。西方山高716.6米，五圣山比西方山高出345米。西方山和五圣山地处铁原、金化、平康之间，敌人称之"铁三角"地区。这两座山为朝鲜中线的门户和制高点。我们24军控制这两座山，敌人纵深和东西几十里的阵地都暴露在我们面前。敌人千方百计企图占领这两座山。3个月前，敌人发动全面攻势，曾一度占领西方山。半个月后，15军依托五圣山反击夺回。随后，敌人又企图攻占五圣山，曾投入6万兵力，在大量飞机、大炮配合下，向五圣山前沿——上甘岭阵地疯狂进攻。15军的指战员在上甘岭浴血奋战，歼敌2万余人，阵地巍然不动。这就是举世闻名的上甘岭战役。

1953年5月中旬，72师接替上甘岭阵地，打得敌人不敢露面。我们74师接替的西方山几个阵地，在防守西方山对面381高地时，你父亲在炊事班有几个有趣的故事。

我们在西方山西边381高地坑道里做饭，山上树木极少，山脚有些小丛林。山上没有水煮饭，这是第一难题。你父亲就把山上的雪和冰块放在罐里搅拌溶成水，给大家做饭。但由于敌机轰炸，山上撒了细菌和化学药物，这些水不能做饭。我们发现山下有一个洞里有泉水，敌我双方都靠这个洞里的泉水生活。开始，敌我双方都不让对方取水。一发现对方取水就用重机枪扫射。后来双方都吃不上饭。

我师和美3师的阵地对峙，相互只隔200米左右。敌我双方都想到那个泉水洞里取水。您父亲想起过去一句话，“两军交战，不斩来使”，我们现在为了双方部队的生存，能否订一个双方取水时间段的协议？您父亲一边用国内学的几句常用英语和做手势的方法，同美军挑水的炊事员商量双方分时段取水的办法。上午我方挑水，下午美方挑水。对方挑水时双方不准开枪射击，双方达成了默契。

不然双方都取不了水，没有水喝，部队就无法生存，更谈不上打仗。从此，上午，我们取水；下午，美国炊事兵取水，这个默契一直实行了好几天，直到金城反击战结束。

1953年5月26日，美国统治集团被迫恢复了板门店停战谈判，但敌人在“战俘遣返”“停战监督”等问题上节外生枝，设置障碍，玩弄两面派手段。为了粉碎敌人破坏谈判的阴谋，中国人民志愿军总部准备发动夏季进攻战役，迫使敌人老实签字，促成停战的实现。6月21日，张震代军长兼政委交给74师一个光荣而艰巨的任务，配合第20兵团担任兵团右翼主攻，歼灭伪首都师26团，坚决将敌歼灭在注字洞南山、杏亭西山、647高地，作为进攻出发地域。

6月25日，220团、222团奉命向进攻出发地域上所里北山、忠贤山、647 高地进发。

7 月 13 日 19 时 30 分，74 师攻击部队按预定计划向冲击出发地域运动。14 日 1 时，注字洞南山、杏亭西山、424.2 高地，除 9 号、15 号及 33 号目标东南侧残敌未肃清外，其他阵地均被占领。当 74 师及配属部队夺取注字洞南山诸地后，张震代军长又命令 222 团 1 营由 481 高地沿佳岘里、桥田里向芦洞方向实施攻击。222 团在参谋长王平带领 1 营 14 日 10 时 30 分向桥田里、芦洞之敌发起攻击，于 13 时顺利占领芦洞扬谷以北无名高地。这时，芦洞公路上，有敌载步兵的汽车 20 余辆、坦克 5 辆，在 432.8 高地有一排的敌人向 1 营射击。1 营营长杨德昌当即要求炮火对上述之敌进行集中射击,并命令 1 营向 432.8 高地攻击，432.8 高地离美军 3 师仅有 100 米，左右两则都是几十米的悬崖，崖顶上布满碉堡群，几十米的开阔地带被美军高低炮和轻重机枪严密封锁，志愿军很难拿下。13 时 30 分，1 营占领 432.8 高地，歼敌大部，残敌向松洞北山逃窜。至此，432.8 高地芦洞以北地区被 222 团占领。

432.8 高地战略地位非常重要，相对地切断了敌向东线增兵的交通要道。同时，该高地又是组织战役新防线左翼前沿的重要支撑点。敌军必将反复争夺。这时，张震代军长命令 74 师：“不惜任何代价，必须坚决扼守既得阵地之要地 432.8 高地，保障既得阵地的安全及友邻第 68 军的行动。”据此，74 师要求以 222 团 1 营和 3 营要死守这一高地。当时，杨营长和营部通信班都在阵地上战斗。为了营部和连队战士后勤保障，你父亲带领营部炊事班冒着敌人的炮火和飞机的轰炸向 432.8 高地送饭时，双脚被炸断。一颗敌人的炮弹落在您父亲身边，您父亲胸部被弹片炸成重伤，而后经卫生员简单包扎后，由营部担架队员抬上担架，送到后方74师医院抢救，到医院以后的情形和情况，我就不太知道了。

2017年6月30日，田兴华（左）在闽侯县白沙镇孔源村与父亲生前战友尤本灿（右）合影

十　军医陈鸿宝讲述救死扶伤情况

听过尤本灿的介绍，兴华联想起1953年9月6日那天，他同娘到辰溪县民政科拿父亲遗物的情景。那时虽然只有6岁，但印象很深，记得县民政科交给母亲的除了烈士证、军功章、立功证、脸盆、漱口杯、军用水壶之外，还有一个长方形纸箱。纸箱上面印有“最可爱的人”五个大字，下面落款为祖国慰问团赠。他娘

回家打开一看，啊，全是没吃完的桂圆肉。他娘说：“这是父亲牺牲前没吃完的桂圆肉，是祖国慰问团送给住院战地伤员的。”打那以后，小兴华留下了印象：父亲在上甘岭战场身负重伤，被送进医院抢救无效牺牲，辞世而去。如今小兴华变成老兴华了，已年过古稀，从懂事起寻父几十年了，还没有定论。近几天听父亲生前战友讲述往事，他又暗下决心，一定要找到当年战地医院的军医问个究竟。

2018年6月12日，兴华老人查看《原中国人民志愿军转业复员军人在榕战友名册和通信地址》，发现名册上有一位74师医院的军医，叫陈鸿宝，所在工作单位为福州市郊区盖山卫生院，地址为台江后洲大司浦29号，原址：新建台屿，电话542787转。虽然地址含糊，电话号码老旧，但再有困难，兴华老人也要把这位军医找到。

为了找到陈鸿宝，兴华和陪同他走访的战友周远位来到福州市郊区，在白湖亭附近的888宾馆住下，到盖山派出所打听郊区卫生院的情况。派出所分管户籍的副所长对兴华说：“我们这里原是福州市郊区，现改名为盖山区。盖山就有一个卫生院。是不是你们要找的郊区卫生院，你们上那里打听打听？”盖山卫生院离他们住的宾馆只有1公里左右，他们两人在三楼找到一位女护士，那位女护士告诉他们说：“我们卫生院原院长叫陈鸿宝，是一位志愿军老兵，他退休了，但经常给我们年轻人讲上甘岭战斗的故事，不过近来身体欠佳，患有高血压、糖尿病，半个月前到福建省人民医院老年病室住院去了。不过，我知道他儿媳妇的电话。”于是，那位女护士接通了陈老儿媳妇的电话，商定下午3点到省人民医院见面并采访陈老。

于是，兴华和战友来到福建省人民医院，在住院大楼的7楼，找到陈老的病房。陈老当年85岁，头发斑白，两耳旁挂着一副眼镜，个子1.7米左右，只是眼袋大一点，脸上没有老年斑，善谈，长年的高血压老年病使他有些憔悴，是前不久因高血压摔伤住院的，行动不太方便。他听说是他战友的后代专程从长沙来，了解他战友生前情况，非常高兴。他掀开被子，从床上硬撑起来，儿媳妇把他扶在沙发上。兴华和他的战友在病房坐下后，陈老滔滔不绝地讲述了他在朝鲜金城反击战中抢救伤员的故事。兴华开门见山，直接询问陈老在抢救伤员中有没有见过叫田全仁的伤员？陈老的话匣子一打开，讲了很多在朝鲜战场上抢救伤病员的故事。

2018年6月12日，田兴华（左）与陈鸿宝（右）于福建省人民医院老干病房交谈

陈老出身贫寒，童年过着吃不饱、穿不暖的苦难生活。父母是朴素的农民，上无片瓦，下无寸土。他有兄妹8个，六七岁开始做家务。1943年日本侵占福州那年，他10岁，就被强迫修飞机场。1948年断断续续读完小学，在家务农，有时干点挑夫的小买卖。1951年，他17岁，参加了中国人民解放军。1952年9月入朝参战，在24军74师医院当军医，1955年回国。在朝鲜整整待了3年。

陈老说：

如今已85岁高龄，令我最难忘的是3年抗美援朝岁月。1951年5月，不满17岁的我参加中国人民解放军，在新兵军训3个月，8月正式编入25军74师师部医院，担任护理员。我被分配在医院外科手术室，担任手术前手术器械的准备和消毒工作。手术室负责人马林（广东人）为班长。手术室1位女同志叫房大姐（山东人），对我非常好，像亲姐姐，手把手教我医学技术，所以业务上我上手非常快。1952年8月，部队整编北上归建加入24军入朝参战。整编时10多位福州籍新战友都下连队当卫生兵，唯有我留在74师医院手术室。9月底的一天晚上，我们进入朝鲜境内。1953年初，我们24军奉命移师朝鲜中线的平康地区接防15军阵地。这时正逢冬季，满天飞雪，大地白茫茫一片。行军中我们把棉裤翻过来穿，也变成一片白，这样与大自然颜色一样，便于防空。

24军接防15军阵地，15军是闻名世界的上甘岭的主战军，战绩辉煌，全体官兵感到无限荣光和责任重大。我们74师接防区为朝鲜中部平康防线。此时，74师医院已改成卫生营。驻地在平康后方30多里的一个小山沟。山沟有一条简易公路通过，手术室就设在路边一个坑道内。这里是敌机扫射的一个死角，比较安全。有一天我们正在为伤员做手术，突然遇到空袭，敌机又扔炸弹，又打机枪。我们手术室照明很简单，用汽油灯照明，当时汽油灯被震灭。随后前线成立前线包扎所，在所长林枫（东北人）的带领下，乘夜赶到包扎所。我们包扎所位置离前沿阵地只有二三里，在五圣山背面半山腰一个坑道内。五圣山高1000多米，东西走向，是朝鲜最高的山脉，也是南北分界线。这个坑道是飞机轰炸的盲道，后来，通过工兵从左则打通一个口子，2个口子贯通了，我们吃住都在坑道内，坑道内有简易床位，让伤病员暂时居住，这就是我们的战地医院。

1953年4月26日，板门店停战谈判恢复了，但美帝国主义的好战分子和南朝鲜李承晚反动当局又在遣返战俘问题制造麻烦，妄图破坏谈判。中央军委要求志愿军在军事上给敌人更大的打击，密切配合谈判，志愿军司令部决定发起六七月夏季反击战。7月13日，夏季反击战进行到第三阶段，这次作战规模较大，74师各梯队全上。我所在的前线包扎所随部队在五圣山半山腰安营扎寨，师前线观察所在山顶上，包扎所离师观察所很近。432.8高地，处在金城、新木洞中间，是这一带的最高峰，攻占这一高地，敌人前沿阵地尽在眼下。7月13日晚8点，前线阵地除零星炮击和敌人的照明灯不时照射外，一片平静。晚9点以后，我们师主要进攻注字洞、杏亭山、南山美3师之敌，夺取432.8高地，敌人阵地前布满地雷，我师开始总反击，百门大炮及卡秋莎大炮一起轰击，敌阵地一片火海。数分钟后，我师炮火向敌阵地两侧延伸，各团、营、连步兵都上去了，于是，我们包扎所准备接收和抢救伤员。包扎所设在一个树木较为茂密的平坦山坡上，为了防空，包扎所手术室内都用棉被和能遮光的物品严严实实地遮盖着。从下面往上空看，看不到一点光亮。六七月是朝鲜的雨季，大雨下个不停，手术用的消毒布类、被单、毛巾无法晾干，只好把这些消毒布包好，放在高温锅里蒸消毒。

陈老一边讲，兴华一边认真记。当陈老讲得差不多时，兴华向陈老打听，在74师野战医院抢救伤员时，是否遇见过222团1营叫田全仁的伤员？陈老呷了一口茶，停了一下说：

金城反击战一打响，从432.8高地抬下来的伤员很多，有重伤员，也有轻伤员，一般重伤员不怎么叫，轻伤员叫得凶，我们做手术一般先从不怎么叫的重伤员开始。好像有一位从432.8高地送饭途中被敌机弹片炸伤的重伤员，姓田，名字我记不清了，好像搞炊事房工作的，个子不高，30岁出头，墩墩鼓鼓，当时满身是血，一块弹片钻进他胸部，双脚也被炸伤。我们把他抬上手术台，先进行清洗消毒，再打麻药做手术，取弹片。他很坚强，没有叫喊。但由于伤势过重，流血过多，抢救无效，于7月15日去世。当时在他的床头柜放着一盒干桂圆肉，还没来得及吃就牺牲了。后来，医院把他的遗体送回了他所在部队。

讲到这里，陈鸿宝医生从口袋里掏出一张餐巾纸，擦了一下湿润的眼睛，心里很难过。

为了不影响陈老养病，兴华和战友老周辞别了陈老军医，离开了福建省人民医院。

十一　尤本灿再谈当年烈士安葬事宜

走访军医陈鸿宝后，兴华来到闽侯县城。他异常兴奋，觉得基本弄清了父亲在战场负重伤后送至平康74师后方医院的那段情况。于是，他计划把后面走访的重点放在父亲的安葬地点上。因为父亲的烈士证上已写明："1953年7月15日在432.8高地战斗中光荣牺牲。"早前几个月，为找寻父亲牺牲的安葬地，他专门向国家民政部境外烈士纪念设施管理处负责同志写过信，题为《关于请求查核我父田全仁在朝鲜金城战役牺牲后安葬地址的报告》，但没有收到回信。这次来闽侯，定当下决心把疑虑之事弄清楚，为今后亲自到朝鲜寻找父亲墓地打基础。

2018年6月13日，兴华老人再次冒着酷暑，来到老兵尤本灿家里，向他了解父亲的安葬地。在这一次座谈中，尤老经反复回忆，向兴华等人讲述了当年平康志愿军安葬队担负英烈遗体处置等事宜。

尤本灿老兵说：

金城战役打响之前，我们每个人都写了决心书。有的咬破手指写了血书，誓死打败美帝，保家卫国，流完最后一滴血。每一个人又在一条小布条上写好自己的姓名、年龄、血型、番号、籍贯，把小布条缝在上衣袖内，有的怕炮火烧坏衣服，把小布条放在空子弹壳里，再放在上衣口袋里，用针线缝好。每人都换上一套崭新的军装，准备赴死，不再回来了。开战之前，根据营里统一安排，在平康宗铁洞选择一块荒地，每个人用铁锹挖一个长2米、宽1米、深1.5米的土坑，每个坑相距50厘米，大家都做好了牺牲的准备。

7月17日，74师在金城战役中的任务基本结束，我们把营里牺牲的烈士都集中起来，由营连卫生员分别清洗干净，换上新军装，再用白布包裹好，下葬在他们自己挖好的土坑里。听1营卫生所的卫生员说，1营1连1个江西籍战士，在432.8高地牺牲后，由于当时战况紧急，战友们就地把他埋在山上。连长知道后说，埋在那里不行，在荒山上找不到东西吃。他叫两个战士把土扒开，把他挖出来，背到山下。那位战士已经死了4个小时，尸体僵硬，不好洗澡和穿衣。1营1位卫生员硬是用白布带一头捆在自己的脖子上，一头拴在那位战士的腰上，用脸盆和热水，一块一块地把伤口擦洗干净，然后换上新衣新鞋，再用龙头白布裹好，由营后勤安葬队抬走，下葬在他自己挖的土坑里。随后做了一块简易的小木牌，用毛笔写好那位战士的姓名、出生年月、籍贯、住址、部队番号、牺牲时间。那块荒土坪共埋葬了上百位金城战役牺牲的志愿军烈士。

尤本灿同兴华的父亲同在222团1营营部，尤本灿当时只有17岁，年轻聪明，营长要他当通信员，负责向九峰里团部所在地送信，向各连传达命令。兴华的父亲任营部供给员，在炊事房保证营部机关吃饭和后勤供应，他俩朝夕相处。当兴华问起他父亲牺牲后安葬在哪里时，尤老喝了一口热茶，停了一下后说：

根据就地安葬的原则，我们1营牺牲的烈士，包括你父亲，应该安葬在平康宗铁洞烈士陵园。

那一天，营安葬队先查看地形和墓穴，营卫生员用酒精擦干田全仁烈士身上的泥污和血迹，为田全仁烈士整理衣服。安葬队长清点完田全仁烈士的遗物，登记好信息，在简易地图上注明了安葬地的位置。我跑到附近山上砍了一棵树，削成树板，做成墓碑，然后用笔在木板上写好烈士田全仁的姓名、籍贯、部队番号、出身年月、牺牲时间、地点、安葬地址等。我清楚记得当时田全仁烈士为独墓。

为了防止田全仁烈士尸体腐烂，我们用铁锹、铁锤、镐铲对原墓穴进行了加深，墓穴下面铺了很多树叶、草帘。墓穴整理好了后，营卫生员用1丈8尺的白布把田全仁烈士遗体进行包裹整理，放进了用弹药箱做成的一口棺材里，用最温暖的形式与田全仁烈士告别。我还在他墓碑前放了一块石头，做了一个记号。

2017年6月28日，田兴华（右）会同闽侯县的志愿军烈士女儿章春兰（左），走访中国人民志愿军老兵尤本灿（中）

尤老那席谈话以后，兴华心里豁然开朗了。几十年的艰苦寻找，不知吃了多少苦，走了多少路，今天终于有了结果。几次下福州没有白来。有了父亲具体的安葬地，下一步随志愿军后代寻亲团到朝鲜寻亲，就有了明确的方向。

离开尤老家的时候，兴华老人问尤老可否把他们的谈话要点写成一个简单的纪要，以便自己将来到朝鲜寻亲有一个凭证，少走弯路。尤老听后说："没问题，写好以后，我签字。"当时闽侯县志愿军烈士章长银之女章春兰在场。于是兴华把尤老的谈话要点记录下来，简明扼要写了100多字的"纪要"。尤老细看之后，签上了自己的名字和身份证号。在场的陪同人员、烈士后代章春兰签名，闽侯县白沙镇民政办加盖公章。文稿如下：

采访尤本灿略记

2018年6月13日上午10点半，田兴华在闽侯县烈士章长银之女章春兰和该县白沙镇民政办小徐等两位同志陪同下，一起到白沙镇孔源村采访志愿军24军74师222团1营老兵尤本灿。尤老今年84岁，仍然身体健康，思维清晰。尤老说："我是1营通信员，主要送信。1营5个连，4个步兵连，一个机枪连，机枪连还有60炮。打仗时机枪连分到步兵连……至于在平康432.8高地牺牲的指战员后事、遗体由专门安葬队安葬，一般安葬在平康。负轻伤的战士经团卫生队包扎一下，又上前线，重伤员送师、军医院。大一点的指挥员回国治疗。"

尤本灿（签名）　　　身份证号：（此略）

采访陪同烈士后代章春兰（签字）。

2018年6月13日

闽侯县白沙镇民政办（盖章）

第四章　战地解密

一　一封迟来70年的“邀请函”

2018年9月的一天，兴华老人按照惯例上QQ，打开“志愿军烈士后代寻亲团群”，搜索是否有志愿军寻亲的新消息。忽然间，一则盼望很久的短消息映入他的眼帘。短消息不到1000字，振奋人心，他以为是假的，擦了擦眼睛仔细一看，是2018年9月20日旅中朝鲜人联合会发的一则《邀请函》。

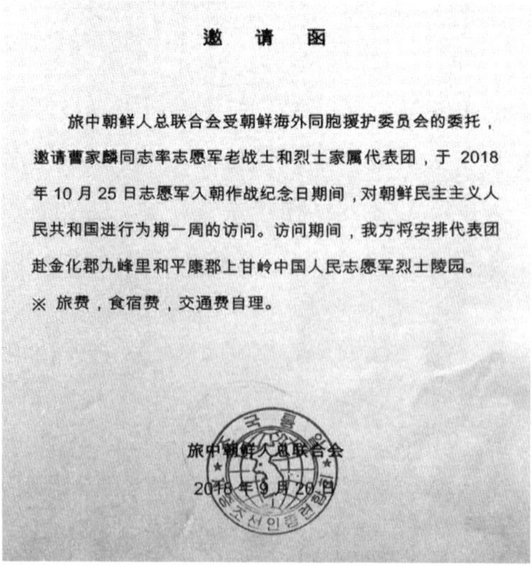

邀　请　函

旅中朝鲜人总联合会受朝鲜海外同胞援护委员会的委托，邀请曹家麟同志率志愿军老战士和烈士家属代表团，于2018年10月25日志愿军入朝作战纪念日期间，对朝鲜民主主义人民共和国进行为期一周的访问。访问期间，我方将安排代表团赴金化郡九峰里和平康郡上甘岭中国人民志愿军烈士陵园。

※ 旅费，食宿费，交通费自理。

旅中朝鲜人总联合会

2018年9月20日

兴华老人非常兴奋，夜深难眠。2003年秋天，兴华在档案时空杂志社任社长时，曾出席全国档案杂志在辽宁丹东召开的年会，来到父亲当年跨过的鸭绿江边。他站在碧波荡漾的鸭绿江西岸，眺望对岸，思绪万千。江东那边是父亲捐躯和埋葬的地方，现在西岸边站着的儿子却可望不可即。兴华越望越觉得心痛。那时，朝鲜那边边境尚未开放，他只好约几位玩得好的主编同仁，租了一只小木船，从江西岸顺江而下的3公里处，寻找父亲当年过江的地方。当船快到江东岸一侧1米之处，兴华要求船老大放慢一些。船老大为了满足他的要求，尽量靠朝方岸边近一点，但强调不能登岸。当近距离看见朝鲜那边的田野、村庄，他仿佛看见父亲当年背着背包，扛着枪，背着一口大铁锅，跨过鸭绿江奔赴朝鲜战场的情景，他恨不得跳下船，到朝方岸上抓两包土带回老家，撒在母亲的坟上，让“父亲”回家。但这些却是幻想和梦境，不可能变成现实。因为当时朝方没有开放，上岸违反边境管理法，是犯罪，他只能带着遗憾随船返回丹东码头，回到他们住的酒店里。

15年之后的今天，他突然收到曹家麟将率团访朝8天的邀请函，心绪难平。要去的地方是他梦寐以求的上甘岭平康地区和九峰里志愿军烈士陵园！兴华左手拿着下载的《邀请函》，右手拿着老兵尤本灿出具的书证文本，心情无比激动。几十年万里寻父的最后一公里就展现在眼前。他看到了曙光，寻找父亲安葬地的梦想很快就可以变成现实，这怎么不叫他高兴呢？

当天晚上，他把老伴和独生女儿一起叫到省委机关宿舍里，召开紧急家庭会议。会上，他把朝中联的《邀请函》和尤本灿的书证，递给老伴和女儿传阅，并把自己想报名参加朝中联组织的“志愿军老兵和亲属寻亲团”，去朝鲜寻找父亲墓地的想法讲给她们听。他开初估计会得到家人的同情和支持。但是，那天晚上的家庭会议很不成功。老伴第一个跳出来反对。她说："一条网上的信息你也相信，诈骗犯很多。2014 年 6 月，你被广东一个电信诈骗犯一个手机电话诈骗 2.1 万多元钱，还不吸取教训，现在又相信'朝中联'这条信息。搞不好这条信息是国际诈骗犯发的，诈骗 4000 多元差旅费是小事，搞不好命都回不来了。"女儿理解兴华老人寻找父亲安葬地的心情，在家庭会上语言缓和一些。她说："爸爸去朝鲜去寻找爷爷的安葬墓地是一件大好事，我举双手赞成。但是，目前首要任务是要把这条消息的准确性搞清楚。建议多方面打听，确定这条信息的真伪，下一次家庭会再来商定爸爸报名去朝鲜的事。"

兴华老人的独生女儿，大学毕业之后在湖南省华天国际旅行社出境部任经理，有 20 年的职业生涯，对出国旅游熟门熟路。第二天，她拨通沈阳市外事办的电话，询问他们是否知道"朝中联"10 月 25 日组织一个"志愿军老兵和烈士亲属代表团赴朝鲜访问"之事，对方电话回答说："这是一个民间组织的活动，我们官方暂时不太清楚。"后来，她又通过沈阳一家有名的旅行社询问此事。对方电话中回答，不知道此事。

又过了 10 多天，时间到了 2018 年 10 月 8 日，离报名截止日期 10 月 16 日只剩 8 天了，兴华老人急得像热锅上的蚂蚁。去吧？有些担心风险，老两口交 8000 多元钱，寄出去就回不来了；不去吗？又怕失去这次机会。机不可失，时不再来，几十年来只等到这一次机会。万里寻父，只差一步。他已年过古稀，腿脚不太利索了，这次不去，往后可能没有机会了，会终生遗憾的。

为了确定这一条信息的真假，兴华老人亲自上阵查询核对。他先到省委蓉园派出所找公安人员查询，接着又托人到湖南省公安厅打听这次活动组织者的身份背景，再次到该团报名人员中询问。

报名参加这个赴朝寻亲团的，有 37 名志愿军烈士后代。他通过电话问了 3 人。联系到的第一位是四川省南充市志愿军烈士后代邓玉明，他的父亲叫邓子模，是中国人民志愿军 60 军 180 师 450 团战士，1953 年 5 月 6 日在朝鲜金城反击战中光荣牺牲。电话中，邓玉明坚定地说："老田，这次活动是真的，有志愿军老战士曹家麟带队任团长，没有问题，您放心吧！我也去。"第二位是一名家住北京的女士，叫徐中珍，她是一位志愿军烈士的孙女。电话中她回答说："老田，这次赴朝鲜扫墓没有风险，我爷爷牺牲后就安葬在金化郡九峰里志愿军烈士陵园，我去过好几次，活动是真的，老田您放心吧！"第三位是贵州省安顺市一名叫刘朝军的烈士后代。确保万无一失之后，他叫老伴把 8400 元旅游费和食宿款汇入组织者指定的账号，然后把他和老伴的出国护照用特快专递寄往组织者的住址。

老伴蔡冬安年近 70 岁，身体不太好，晕车。原先她不想去朝鲜，但担心老伴年纪大，毛病多，女儿又要陪外孙女高考，抽不开身。为了照顾老伴，她也办好了去朝鲜的一切手续。

2018 年 10 月 21 日，他俩乘 1 次特快火车从长沙出发，次日早上到达北京。第 3 天，又从北京转至丹东的火车，23 日下午 3 点抵达丹东，住进"代表团"事先安排好的锦江之星华夏村酒店。

当天晚上 8 点钟，根据"志愿军老战士和烈士亲属代表团"组委会事先的计划，在入住酒店三楼会议室召开了全体成员参加的第一次预备会议。37 名团员均出席了会议，常务副团长申云峰主持会议。他是中国朝鲜族人，精通朝语，家住沈阳市，40 岁出头，是这次赴朝代表团的具体组织者。预备会开头，申副团长首先把志愿军 67 军老兵曹家麟介绍给大家。一阵热烈的掌声之后，只见一位个子高大，身材魁梧，穿一套草绿色军装，胸前左上方挂着7枚勋章，80岁出头的老兵走到主席台中央。饱经风霜的脸既威严又和睦可亲，一看就是一个久经沙场的老兵。曹老面带微笑，恭敬地向大家行了一个军礼，简单介绍自己之后，说："同志们，旅中朝鲜人总联合会受朝鲜海外同胞援护委员会委托，邀请志愿军老兵和烈士亲属代表团，于2018年10月25日志愿军入朝作战纪念日访问朝鲜，时间8天，参加一系列纪念活动和参观纪念地，此后，朝方将安排代表团赴江东、九峰里、上甘岭烈士陵园祭扫。希望全体参访团员按照朝方安排，自觉遵守朝方的法律法规，听从团领导统一指挥，注意安全，不该去的地方不去，不该说的话不说，顺利圆满地完成这次参访任务，安全返回祖国。"

曹老出生在北京。1950年10月1日，朝鲜战争的战火烧到鸭绿江边时，曹家麟才14岁，是一名戴红领巾的中学生。在国家受到威胁时，热血沸腾的曹家麟毅然走出校门，报名参加了中国人民志愿军，被分配到67军199师政治部文工队工作。199师是一支英雄部队，被誉为"开国大典红一师"。1951年6月22日奉命赴朝参战。在1951年8月金城防御战和1953年7月金城反击战中，他曾多次随师首长赴阵地演出，先后立过二次三等功。停战之后，1956年回国。曹老在阵地演出时，有一位受重伤的战友拉着他的手说："小同志，我看样子不可能回国了，你们回到祖国之后，要记得经常来朝鲜看我们，给我们上一炷香添一把土。"那位战士临死前的那段话，深深铭刻在曹老心上。回国后，特别是近20年，曹老先后8次带领志愿军老兵和烈士家属到朝鲜扫墓，并帮助很多烈士后代找到了他们亲人的安葬地。

曹老讲完话之后，又把台下另一位83岁的志愿军政治部文工团老战士孟宪常介绍给大家。看见两位穿着军装、戴着勋章、久经沙场的志愿军老兵，兴华出发前的那些疑虑，一下子都烟消云散了。

二 在开往朝鲜平壤的国际列车上

深秋的东北边境丹东，风和日丽，鸭绿江水面在阳光照射下碧波闪闪。2018 年 10 月 24 日中午，志愿军老兵和烈士亲属赴朝访问团一行 37 人，在团长、志愿军老兵曹家麟的带领下，拖着各自的行李箱，排着整齐的队伍，离开了丹东锦江之星华夏村酒店。酒店到丹东边境口岸约 1 公里路，大家步行来到口岸边检站。口岸的边防武警战士和海关人员得知他们是志愿军老战士和烈士后代，个个友好相迎，让他们优先通关。有的战士和工作人员主动上前行礼并帮助上架受检行李箱，接受安检。顿时，一股暖流涌入大家的心房。

通关后，大约 12 点半，一辆能装 40 多人的大巴车，把他们从鸭绿江二桥（也称中朝友谊桥）运送到江东朝方新义州边防检查站。朝方的边防检查人员和海关人员基本上是一身黄色军装的军人，他们听说是受邀的志愿军老兵和烈士亲属访问团，也很客气，携带的行李不开箱检查，只过安检机。申云峰副团长把全团人员名单交给朝方海关之后，很快通了关。

新义州火车站是朝方最北端的火车站，离海关只有 100 多米，车站不太大，旅客也不太多。下午 1 点半左右，大家按照车票指定的车厢来到了各自卧铺位置。10 月 25 日是抗美援朝 68 周年纪念日，我国有两个志愿军老兵和烈士亲属访问代表团，受邀参加朝方召开的一系列纪念活动。一个是以曹家麟为首的访问团，另一个是江苏省昆山市志愿军烈士后代访问团。每个团 40 人左右，朝方分别安排在相邻的卧铺车厢。朝方的列车员听说来客是志愿军老兵和烈士后代，服务态度特别好，不断地点头示好，笑脸相迎。代表团成员需要开水和小吃，只要申团长用朝语一说，马上送到手中。下午 2 点钟，列车工作人员还把热气腾腾的朝鲜式盒饭送到每个人的手中。

2018 年 10 月 24 日，田兴华夫妇乘坐朝鲜国际列车前往平壤

深秋的朝鲜北方，稻田里水稻基本上收割完毕，田里立着很多捆扎好的草人。远方的山丘一片金黄，山丘周边隐隐约约显出村庄，白色的墙和黑色的瓦，一闪而过，从他的视野内消失。

在列车上，兴华老人没有多少心情观看窗外的美景，满脑子装着“爸爸到底安葬在哪里”的疑团。离开长沙之前，为了寻找父亲确切的墓地，他找了很多资料，做了很多“功课”，还想利用在火车上的这点时间，多找一些知情的同行人员，收集了解相关情况。他首先走到老兵曹家麟的车厢，把他随身携带的有关资料递给曹老看。曹老和蔼可亲，平易近人。他戴上老花眼镜，认真看完了老田父亲的烈士证和立功证复印件，以及父亲当年战友开具的父亲安葬地的“书证”之后，又浏览了相关报道。当年10月19日《中国档案报》头条整版刊登的《漫漫寻父路，步步骨肉情》5000字长文，引起曹老特别关注。他说：“老田，您要寻找父亲在朝鲜的安葬地，最好找隔壁车厢副团长康明聊一聊。”

康明的父亲也是一位志愿军烈士，叫康致中，是1军7师19团团长。1953年6月26日，驻防三八线前沿阵地。一次，康致中团长在坑道里召开作战会议时，敌人出动40余架轰炸机对该坑道轮番轰炸，致使山体垮塌，团指挥所2个坑道被厚土掩埋，参加会议的114名干部战士全部被埋，壮烈牺牲。停战后坑道被挖开时，康致中像熟睡一样躺在床上，斜对着墙上的作战地图，地图旁边斜插着儿子康明2岁时的照片。康明为了寻找父亲的墓地，他学会了用手机查找谷歌地图，多次往返朝鲜和韩国。他到过长津湖、黄草岭、三八线附近，一待就是一个多月，对寻找英烈墓地有较多的体验。

兴华马上来到康明所乘坐的5号卧铺车厢。康明个子不高，微胖，着一套黄色冬装军衣，戴一副600度左右的眼镜，年近古稀。他操一口流利的普通话，近10年奔波于朝鲜和韩国，几乎花光家里的积蓄，过于劳累也使他额头上增添了不少皱纹。下午2点多钟，老田轻轻地走到康明卧铺边，行了一个礼，主动向康明说明自己的来意，并把自己随身携带的资料以及相关报道文章递给康明看。兴华对康明说：“康老，想向您请教一个问题。我父亲1953年7月15日参加金城反击战，在432.8高地战斗中光荣牺牲。父亲当年战友说我父安葬在平康志愿军烈士陵园，我想问一下，平康志愿军烈士陵园在哪里？这次访问朝鲜会不会到那里？”

康明的父亲牺牲后，安葬在三八线附近朝方一侧。在那疯狂的时代，没有人会关注一个逝去的生命，即使他为国捐躯。直到退休那年，康明才学会使用谷歌地图，终于找到父亲的墓地。听了兴华的来意之后，康明要他打开手机中的二维码，互相加了微信，接着给兴华发了一个平康志愿军烈士陵园平面图，并指着图说："这个地方就是安葬您父亲的平康志愿军烈士陵园，这次可能会去那个地方。432.8 高地在五圣山西南面，离平康不远，但那里是军事管制区，没有开放，可能不去。"兴华仔细看了手机地图上近 20 个黑色小方块点，有序地排列着，知道那可能是父亲和他牺牲的战友们的墓地。兴华和康明老兵交谈了一个小时。

访问团 37 人，除一名军事科学院叫李钢林的教授作为随团学者兼记者之外，其他成员均是志愿军老兵和烈士亲属，分别来自北京、河北、陕西、四川、江苏、安徽、湖南、贵州、山东等 10 多个省市。兴华基本上不认识。在列车上，他先后走访了两位志愿军老兵和 10 多位志愿军烈士亲属，大家基本上同病相怜，是一条藤上的苦瓜。走访中，兴华老人还发现很多人皆有备而来，大箱大包带了好几个，有纸钱、名烟名酒，有的带了家乡折叠式的花圈以及家乡采摘的白花，有的带着烈士生前的遗像，还有的带了一些瓶装的红色油漆。除了朝方不允许的鞭炮外，几乎所有可以带的祭品都带上了。兴华老两口也备了两瓶湖南美酒和家乡的一些纸钱和香烛。

在访问团里，有两位志愿军烈士的亲人很荣幸，在出发前 4 天得到旅中朝鲜人总联合会的通知，告诉他们亲人的具体安葬地。两位烈士后代通过当地公安部门的"绿色通道"，3 天之内办好了一切出国手续。安徽省蚌埠市志愿军烈士王克勤的儿子王可道，接到"朝总联"的电话，告诉他的父亲安葬在平壤附近江东志愿军烈士陵园，欣喜若狂，赶上了为父亲扫墓的最后一趟车，因为老人等了 68 年，80 多岁了，这次一定要去。老人叫儿子王勇到当地公安局为自己、老伴、儿子、儿媳四人办理了入朝护照，带了两大箱祭品赶到丹东。在列车上，王老老泪纵横地说："我认为我一辈子再也见不到父亲墓地了，真是天上掉馅饼，感谢'老天爷'给我这次机会。"北京有一位志愿军烈士叫李四，他的遗腹女叫李凤英，像兴华一样，出生之后一直没有见到过父亲。1951 年 6 月，她的父亲李四在第 5 次战役时，牺牲在朝鲜江原道金化郡地区，现安葬在金化郡九峰里志愿军烈士陵园第 4 座合葬墓里，距三八军事分界线约 4 公里。也是几天前在"朝总联"的帮助下得知了这一消息。出发前，她和女儿购买了很多祭品，匆匆忙忙来到丹东。

还有河北省泊镇市志愿军烈士杜月朝的侄子杜粮存，不知道从哪里打听到，他的大爷安葬在上甘岭烈士陵园 2 号墓区，这次也赶上机会了。杜粮存在北京工作，他知道不允许带花圈，出发前几天，他跑遍大街小巷，购买了一个呼啦圈，准备过境后自制一个特大号花圈。他还购买了一些高档烟酒、纸钱、香烛、高级水果等祭品。杜粮存还带了一些松树种子，准备撒在他大爷坟上。他还把他大爷杜月朝的遗像放大了一张，用镜框嵌着，放在 1 米多高的大箱里。兴华看过访问团的人员名册，发现杜月朝是志愿军 24 军 74 师 220 团的战士，在金城反击战中，同他父亲在同一时间、同一次战斗、同一个地方牺牲的，很受启迪。兴华像找到自己的亲友一样，主动找到杜粮存的车厢，同小杜攀谈聊天。为了拉近他与小杜之间的距离，他把近几年自己收集保存的有关 24 军 74 师档案资料和照片送给他看。小杜也主动把随身带的一张有他大爷杜月朝烈士安葬地的图表给兴华看。那图表是用电脑打印出来的，表格第一行有志愿军烈士的姓名、职务、中文安葬地、朝文安葬地、部队番号、安葬墓地序号。表中有 20 位志愿军烈士名单，杜粮存的大爷杜月朝在表格第一行。老田把表格拿过来，戴上老花眼镜仔细查看，遗憾地没有找到自己父亲的名字。看完之后，兴华请小杜帮助寻找他父亲的墓地，小杜也愉快地答应了。

在第6号卧铺车厢里，兴华老人还找到了河北省白头市志愿军烈士王其森之孙王浩满和他的女儿。他们来之前并不知道烈士王其森埋在哪里，抱着试试看的愿望报了名。王浩满 1962 年出生，50 岁出头，患有多年的喉癌，还带着一大瓶中药，不停地在车厢里喝。听说兴华询问他爷爷的情况时，老王讲话不方便，怕听不清楚，从挂包里取出笔和纸，写给兴华看。是这样写的："我爷爷当年抗美援朝为国而战，我们今天找爷爷为这个家团圆而战。爷爷王其森在日本统治时期在日本一家军工厂当童工。1945 年 9 月，苏联红军开进了沈阳，使沈阳获得了解放。后来，爷爷参加了中国人民解放军，1950 年抗美援朝战争爆发奔赴朝鲜战场。壮士一去不复还，王浩满如今不知道爷爷忠骨长眠在何处。这次带着独生女儿报名参团，抱着试试看的心情，万一找不到爷爷的忠骨，也重走了一趟爷爷当年走过的路。"另外，王浩满私下对兴华开玩笑地说："听说朝鲜'参鸡汤'能治喉癌，万一找不到爷爷墓地，试一下朝鲜的'参鸡汤'我也满足了。"

兴华这次参加赴朝访问团之前，多次与志愿军老兵曹家麟通电话，了解这次出访具体组织者副团长申云峰的一些情况。曹老介绍说："40 多岁的申云峰是一个很有活动能力的人，家住沈阳，与'朝总联'负责人联系密切。他父亲是东北抗联的一名朝鲜族的战士，后加入朝鲜人民军，在抗美援朝一次战斗中光荣牺牲。申云峰副团长会说中文和朝文两种语言，熟悉朝方上层人物，先后近 10 次陪同我带志愿军老兵和烈士后代寻亲团赴朝扫墓。"兴华认为，要找到父亲的安葬地，离不开申云峰的搭桥帮助。

在列车行驶途中，兴华主动到申云峰所坐包厢攀谈聊天，拉近距离，并相互加了手机微信。申副团长比兴华年轻，很谦虚，看见他年纪大主动叫田叔，说要好好地给予关照。兴华拿出一份文书递给申副团长看，那是此前他到家乡辰溪县档案馆查找父亲烈士证的存根，发现存根背面清清楚楚写着田全仁烈士安葬地为金化郡宗铁洞区。申副团长阅看后，随即打开手机里的谷歌地图，找到了金化郡宗铁洞的位置图，并把该图发到兴华的微信里。申云峰说："田叔，1975年以后，朝方先后把分散在金化郡的各志愿军烈士陵园都移迁到九峰里烈士陵园和上甘岭烈士陵园二号合葬墓区。"兴华把金化郡宗铁洞以及上甘岭烈士陵园和九峰里烈士陵园位置图，迅即收藏起来。

火车在朝鲜北方大平原飞驰行驶，兴华继续在车厢里走访。在6个多小时里，他先后走访了15位志愿军老兵和烈士亲属，由原来不认识变成了熟人和朋友。他们叫什么名字，哪里人，父辈是志愿军哪个部队，在什么地方牺牲的，来过几次朝鲜寻亲，都弄得比较清楚了。

三　在朝鲜首都享受一次国宾般的待遇

2018年10月24日晚10点半钟，大地一片漆黑。从朝鲜新义州开往平壤的国际列车，经过近10小时的行驶，缓缓驶入平壤火车站。站台上灯光明亮，站台上等候着迎接的人群。他们是朝鲜海外同胞援护委员会张元哲处长、石忠成科长以及翻译、摄像师等10多位朝方官员和随行人员。每人穿着一套黑色中山装，胸前佩挂有金日成和金正日头像的红色胸章，排成“一”字队形，满脸笑容地同37名访问团成员一一握手，并把大家送到停在不远处的一辆大巴车上。顿时，大家有点愉悦的感觉，一股暖流涌入心房。

大巴穿过灯火通明的闹市区，穿过平壤市内有名的金日成广场、凯旋门和千里马铜像大道，来到解放山宾馆。着彩色连衣裙的宾馆女服务员站成两行，夹道欢迎中国客人的到来。这是访问团到朝鲜后第一晚住宿的地方。

解放山宾馆地处平壤市中心，宾馆前面有一个足球场那样大的广场，右边是朝鲜劳动党中央机关报《劳动新闻》4层高的办公楼，正前方是朝鲜政府一个部门的4层办公大楼。解放山宾馆也是4层大楼，2、3、4楼为住房，1楼为商店和餐厅。兴华老人和老伴住在2楼的一间标准客房，宽敞干净，配套齐全，好像与国内五星级宾馆不相上下。朝方热情好客的接待，以及周到的安排，使大家深深感受到用鲜血和生命凝成的中朝友谊在年轻这一代得到传承和体现。

第二天，也就是10月25日，正逢中国人民志愿军入朝作战68周年纪念日。上午8点左右，访问团成员在宾馆1楼餐厅吃完朝式早餐后，乘大巴出发，受邀参加在中朝友谊塔前举行的纪念中国人民志愿军入朝作战68周年纪念活动。

朝中友谊塔，是朝鲜人民为铭记中国人民志愿军烈士们用鲜血和生命建立的丰功伟绩，于1959年10月25日志愿军入朝参战9周年之际建成的。该友谊塔坐落在平壤市牡丹峰一个山丘上，是周恩来总理和金日成首相亲自选定的位置。塔高30米，碑的底座是一间纪念馆，里面存放着两本抗美援朝战争中牺牲的志愿军烈士名录，塔下的浮雕表现了中国人民志愿军和朝鲜人民军并肩作战的场面。

上午9时许，他们来到友谊塔下面的一个广场里，只见纪念塔周围插着多面中朝两国国旗，迎风招展，塔下几十级台阶两边彩旗飘扬，十几位穿着朝鲜军服的持枪卫兵，精神抖擞，站立在塔下和台阶两边，守护着友谊塔，几十级台阶两边也站立着手持步枪的卫兵。塔下广场上站满了参加纪念大会的中朝两国有关官员和军人，以及朝方的各族人民群众和中资人员、旅朝华侨、华人。兴华随行的代表团和江苏昆山市志愿军后代代表团安排在会场前排。参会人员都身着黑色服装，手拿一朵黄色鲜花，庄严肃穆地站立着。一阵鸣炮声和中朝两国国歌之后，朝方城市经营省副首相崔成哲和中国驻朝鲜大使李进军，分别发表了中国人民志愿军入朝作战68周年纪念活动的讲话。

在国外参加国家级别的大型纪念活动，并近距离接触外国领导人和中国大使，是兴华老两口有生以来的第一次。他俩深深感到，这是托父亲的福，受这样高规格的接待，一种志愿军烈士家属的光荣感和幸福感油然而生。

当天下午3点，访问团被安排参观中国驻朝鲜大使馆大院，全体成员在大使馆办公楼前同李进军大使合影留念。这也是兴华夫妇第一次走进驻外使馆大院。使馆大院宽敞美丽，办公楼高大雄伟，楼顶上一面鲜艳的五星红旗迎风飘扬。在参观时，每个人都有一种自豪感，深深感到只有国家强大，才有这样享有尊严的大使馆。在大使馆参观了半小时，下午4点从大使馆出来时，访问团一位领导把兴华老人拉到旁边，用右手捂着自己的嘴，护在他的耳边，轻轻地说："老田，下午4点半，朝方召开一个小型座谈会，请您和志愿军老兵曹家麟等5位代表参加，您要做好准备。"听到这突如其来的消息，他心情非常激动。参加国家领导人的接见活动，他一生只有两次。第1次是1967年国庆节前夕，他们班要选10名学生代表，赴北京参加毛主席第8次接见学生代表。那次，有100万学生代表聚集在北京西苑机场，毛主席、周总理等中央领导坐着敞篷汽车，汽车开得很快，他们距离毛主席乘坐的汽车100多米，几秒汽车穿梭而过，毛主席的脸看不清晰。但那次毛主席的亲切接见却在他脑海里刻下了不可磨灭的记忆。第2次，就是这次团领导推荐他参加崔成哲副首相举行的小型座谈会，使他心情非常温暖和激动。全团37名成员除2名志愿军老兵之外，只有3名志愿军烈士后代代表，他能参加这次座谈会议是最荣幸的。

下午4点过5分，一辆朝方的黑色小轿车把参加会议的5名代表接到地处平壤市中心的书斋阁。书斋阁富丽堂皇，灯光通明，座谈会会议室设在宴会厅后面5米远的地方。听另一位参加座谈会的代表说："这里是朝鲜国家领导人接见外宾的地方，有点像北京的钓鱼台国宾馆。"

小型座谈会的会议室不太大，大约50平方米，一张椭圆形的会议桌摆放在会议室中央，朝方城市经营省6位领导坐在圆桌北面，参加座谈的10多位中方领导和志愿军烈士后代代表坐在会议桌南面。座谈会主要内容是关于"安葬在朝鲜的志愿军烈士陵园维修保护工程的问题"。下午4点半钟座谈会开始，朝方城市经营省副首相崔成哲首先用朝语致欢迎词，中国退役军人事务部褒扬纪念司司长李桂广讲了话。两人共同介绍了在朝志愿军烈士陵园维修的现状和今后的工作安排。兴华所在代表团团长、志愿军老兵曹家麟发言，他代表中方志愿军老兵和烈士后代代表，提出了几点建议：

（一）加快志愿军烈士陵园保护工作的进度；

（二）建议充分利用可施工季节，加快维修进度；

（三）加快志愿军烈士安葬信息的查询服务系统建设；

（四）希望建立保护志愿军烈士的历史信息和保护遗留下的有形烈士纪念设施；

（五）希望朝方建立多种扫墓渠道，为志愿军烈士后代赴朝扫墓提供方便。

曹老讲话之后，江苏省昆山市志愿军烈士后代扫墓团团长，也对志愿军烈士陵园维修保护工作提出了一些建议。上述人员在发言时，兴华坐着也写了一个发言提纲，准备发一个言。兴华老人轻轻地走到曹老身边，小心地用手护着嘴巴在曹老耳边问：“曹老，我是否可以发个言？”曹老转过头轻声地回答说：“老田，朝方召开的这样国际性座谈会，事先均有安排程序，这次您就不发言了吧！”听了曹老的话，兴华礼貌地点了一下头，轻轻地回到原来的座位上。像这样国际性的座谈会，兴华还是第一次参加。他本想打开自己的手机，把座谈会的实况拍下来，留下一个永恒的纪念，但朝方有规定，一律不准摄像，他只好遗憾地收起了手机。

座谈会大概开了1个小时。老田从中朝两国有关部门的领导人讲话中，第一时间了解到安葬在朝鲜国土上的志愿军陵园的维修现状和进度。内心深处希望，志愿军烈士陵园的维修应当搞得更快、更好，使他在有生之年，能在安葬他父亲的志愿军烈士陵园英名墙上看到父亲的名字，并叩头祭拜，实现自己70年的梦想。座谈会开到下午5点半。朝方翻译用中文宣布：“今天晚上，为纪念中国人民志愿军入朝参战68周年，朝方将在书斋阁举行国宴酒会，招待前来参加这次纪念活动的中方代表全体成员。”话音刚落，退伍军人部烈士褒扬司一位女工作人员，把他们带到5米远的2楼宴会厅

2018 年 10 月 25 日，朝鲜平壤市书斋阁宴会厅

宴会厅有网球场那么大。厅内富丽堂皇，灯光通明。宴会大厅正前方设有长 10 米、高 1 米、宽 3 米的主席台。正面挂着一块白色银幕，银幕上正在播放朝鲜大型歌舞剧《阿里郎》。主席台中央摆放着一张主席桌，上面摆放着一个麦克风话筒。主席台下面是宴会大厅，整齐有序地摆放着 10 多张大圆桌，每张桌面上铺盖有桌布，贴有一张红纸，印有 10 位就餐人员的中文名单。每个桌面上共摆放 10 份朝式佳肴，每份 4 个小碟，热气腾腾，共 40 个小碟。桌中间摆放两瓶朝鲜红酒和一瓶长白山人参酒。兴华女儿从事国际旅游业，此前告诉父亲，朝鲜酒席与中餐 10 大碗不同之处，就是分餐吃饭。每人 10 个菜，桌上先后要摆 100 个小碟，可见餐桌之大，在国内是少见的，这是朝鲜人就餐的风俗习惯，兴华老人第一次遇见。

因为小型座谈会结束晚了些，当参会人员走进宴会厅时，每个餐桌上已坐满了就餐的宾客。这时，歌舞剧《阿里郎》也停止播放了。喇叭里传来中朝有关部门领导人举杯祝酒的声音。兴华老人急着寻找自己的就餐名单，也听不清楚中朝双方领导人的祝酒话语。只听翻译说的两句话印象很深。第一句：热烈欢迎中方代表和中国人民志愿军烈士后代，参加中国人民志愿军入朝参战68周年纪念活动；第二句：祝用生命和鲜血换来的中朝友谊万古

2018年10月25日，田兴华夫妇随团出席朝鲜人民民主共和国举行的庆祝抗美援朝战争68周年酒会

长青。正式开席前，每个桌子旁边站立着一位穿连衣裙的年轻女服务人员，给各位倒酒端菜。开吃后，兴华首先品了品朝鲜长白山人参酒，香味浓烈，度数不算太高。接着，喝了一小碗朝鲜人参鸡汤，感觉很爽。服务人员只要看到 4 个小碟的菜快吃完，就立马把小碟盘子端走，送来一道新菜，循环反复，直到每个人 10 道菜上齐为止。

在这次国宴招待会上，兴华既饱了口福，也饱了眼福。俗话说:“前人栽树,后人乘凉”,这时兴华想起了1953 年父亲在五圣山、上甘岭战地吃炒面，咬冰雪，直到壮烈牺牲的悲惨场景，深深感到今天的幸福生活和一切荣誉，都是烈士们用鲜血和生命换来的。他发誓：“父亲为国捐躯，儿子要为父亲英魂回归故里付出一切。”

在平壤期间，访问团成员还参观了金日成故居万景台、朝鲜解放战争纪念馆，瞻仰了安葬金日成和金正日遗体的太阳宫，以及平壤师范大学、儿童医院和平壤地铁，近距离地接触了朝方的军人、老师、医生、少年儿童，所到之处，都受到朝方人民群众的热烈欢迎和接待，使大家享受了一次朝鲜国宾的待遇。据说，像这样的接待规格，只有抗美援朝期间中国慰问团才有。

四　江东烈士陵园的所见所闻

2018 年 10 月 25 日下午，根据朝方的安排，访问团将参加江东志愿军烈士陵园竣工典礼和开园仪式。

江东志愿军烈士陵园坐落在平壤市东北面。从长白山发源的大同江，穿过平壤大平原向东北方向流去，水流渐渐平缓，清澈见底。江东志愿军烈士陵园位于大同江东面，属于江东郡管辖，故称江东郡志愿军烈士陵园。

据资料记载，从2014年开始，中朝双方对朝鲜境内的志愿军烈士陵园进行大规模的维修和保护，先后完成了开城、安州、顺安、江东4处志愿军烈士陵园的维修抢修。江东郡志愿军烈士陵园，是中国退役军人事务部和朝鲜民主主义共和国城市经营省联手，于2018年7月27日建成竣工的。

2018年10月25日，田兴华夫妇出席江东志愿军烈士陵园竣工典礼和开园仪式

为了纪念中国人民志愿军入朝参战68周年，10月25日下午，中朝双方决定在江东郡志愿军烈士陵园举行竣工开园典礼。下午2点钟，访问团一行37人登上前往江东的大巴，穿过金日成广场和大同江大桥，大约行驶了半个小时，在江东烈士陵园下面一块足

球场大的坪地里停下来。大家下车之后，发现朝方的军乐队整齐排列在主席台右边，很多手持步枪的礼仪卫士笔直站立在陵园大门两边；陵园下面广场入口，站立着4排近100名朝鲜女青年，她们穿着五颜六色的民族服装，手捧鲜花，夹道欢迎宾客的到来。中方退役军人事务部和朝方城市经营省的领导和工作人员，站立在主席台前面一排。中国驻朝鲜大使馆工作人员、中资机构、华侨、华人以及朝鲜群众数百人站立在广场上。江苏省昆山市志愿军老兵和烈士后代扫墓团，也“一”字队形站立在会场一边。

现场观看到，江东志愿军烈士陵园设立在一个海拔100多米的小山丘上，有4个超大蒙古包式的合葬墓，每个大合葬墓前竖立了一块6米多高的墓碑，雄伟壮观，上面刻有“中国人民志愿军烈士之墓”11个大字。每个合葬墓周围都用花岗岩垒砌，有50厘米高的圆形围墙，围墙中间覆盖着黄色的泥土。泥土有1米多厚，有的泥土上长起了一层薄薄的小草。陵园前面设立了一个牌楼，上面用中朝文字刻写着“江东郡志愿军烈士陵园”的园名。

据当地有的老人回忆说，在抗美援朝近3年的战争中，这里牺牲了1383名志愿军烈士，有名的烈士1189人，无名烈士194人（安葬时无法确认身份）。

以前的这个山丘是一个直径20多米的大土包，长着一些树木。当年因战事繁忙，牺牲的志愿军烈士安葬时找不到棺材，有的把装弹药和武器的木箱拆开，做成棺材安葬了。后来，装弹药和装武器的木箱不够，就把烈士用白布包裹着，挖一个土坑埋了。部队的干部、战士到附近树林子里砍一些树枝，削成三指宽、巴掌长的小木牌，在小木牌上写上烈士的名字、籍贯、部队番号、牺牲时间等内容。这个土山丘上，足足插了1000多块小木牌。当地知情者说，这些烈士牺牲前个个都是活蹦乱跳的年轻战士，朝鲜停战之后，这1000多名分散安葬的烈士被合葬在这4个合葬墓里，烈士的头都朝着中国的方向。2014年之后，中朝双方决定对这60多年前的4个合葬墓重新进行修缮和保护，并建立一排英名墙，刻上每个烈士的姓名。

是日下午3点钟，江东志愿军烈士陵园开园仪式正式开始。朝鲜城市经营省副首相崔成哲和中国驻朝鲜大使李进军，在开园仪式上分别发表了重要讲话。这期间，兴华没有忘记来朝鲜的目的，他将老伴拉到一旁，悄悄交代几句，要她跟着队伍，用手机多拍几张照片，自己则未经团里许可，偷偷离开队伍，先到陵园中间对4个合葬墓碑进行查找，看墓碑后面是否刻有父亲田全仁的名字。

正当他查看完1号墓碑来到2号墓碑旁边时，隔壁3号合葬墓里传来一阵阵细小而悲伤的哭泣声。他很快被这哭泣声吸引住了，放弃2号墓碑的查看，赶到3号墓前。他走近一看，只见一位年近八旬的老大爷在那里低头抽泣，旁边一位年近古稀的老媖驰，一边搀扶着老大爷的一只手臂，一边递一条小手巾给老大爷擦眼泪。在老大爷右边，一位40多岁的中年男子蹲在3号墓前，用打火机点燃了一沓被撕开了的纸钱，另一位40多岁的中年妇女拿着3根燃烧着的香插在坟土上。这不是王可道老人一家4口吗？王可道是志愿军烈士王克勤唯一一个儿子，年近八旬，是安徽阜阳县王市区朱集乡李王庄人。王克勤烈士1917年出生，1944年参加中国人民解放军，为9兵团77师2营4连连长，牺牲在朝鲜三棵树下（音译）。王克勤参军后只回过一次家，当时儿子王可道才1岁。直到牺牲也没有任何消息，也没有留下任何照片和遗物。王可道对父亲的唯一记忆，是父亲在三八线一场战斗中立了战功，当地政府为王克勤召开一次万人庆功大会，全家人披着红丝带，挂着大红花，坐着牛拉车在全乡范围内游行庆贺。不久，区长和乡长告诉王可道，父亲王克勤在朝鲜牺牲了。这时，幼年的王可道成为全村年纪最小的“五保户”。2018年10月初，志愿军烈士后代寻亲团一名成员告诉王可道的儿子王勇，“您爷爷安葬在江东志愿军烈士陵园”，王勇得知这一消息急忙到有关部门办理了出国手续，全家4口参加了赴朝访问团。

此时此刻，王可道在这个陵园3号墓碑后面终于找到了父亲王克勤的名字。历经68年后，王可道老人与父亲王克勤阴阳见面，是老人做梦也没有想到的。老人用小手巾在墓碑上擦了又擦，认真查看着“王克勤”三个字，生怕三个字从他的眼中消失。这时，中国驻朝鲜大使李进军得知消息，匆匆来到王老面前，向老人表示安慰。也许是因为太激动，全家人忘了把从家乡带来的苹果、橘子、糕点等供品摆放到盘子里，还是曹家麟走到他们面前提示，才把祭品拿出来。然后，一家4口又拿着家乡的3瓶白酒绕坟墓敬了一圈，沉醉于悲与喜之中。

看到王可道老人找到其父亲的墓地之后，兴华更加心急如焚，专心寻找父亲田全仁的名字。他离开3号合葬墓向右转身，发现不远的地方立着一块长4米、高1米多的英名墙。英名墙底色是黑的，字是金黄色的，最前面一块是碑记，有100多个字，用中朝两种文字雕刻，内容如下：

> 为永远铭记中国人民志愿军先烈在抗美援朝战争中建立的不朽功勋，不断传承和发扬中朝友谊。2018年中朝两国政府合作，修缮了江东郡中国人民志愿军烈士陵园，并在陵园内新建烈士英名墙，以铭刻烈士姓名。

碑记落款为中华人民共和国退役军人事务部、朝鲜民主主义共和国城市经营省，2018 年 7 月 27 日。

英名墙烈士名单在碑记右边，从左至右横排雕刻的烈士名字共有 1189 人，无名烈士 194 人。这时，兴华老人把眼镜布拿出来擦了擦，再把眼镜支架挂在耳朵上，从头至尾看了三遍。怎么也没有发现父亲田全仁的名字。他无法自控地大声哭喊着："爸爸，您在哪里？"这声音撕心裂肺，悲痛哀伤，惊动四周！很多正在查看英名墙烈士名单的人，包括烈士后代寻亲团成员和参加开园仪式的领导和群众，都被惊呆了。俗话说"男儿有泪不轻弹"，眼前这位头发斑白的古稀老人一把鼻涕一把泪地大声哭喊，让大家颇觉惊诧。有一位长者来到兴华老人的跟前劝说道："老人家，不要着急嘛，这是我们来朝鲜寻亲的第一个烈士陵园，后面还有九峰里、上甘岭以及上甘岭烈士陵园 2 号墓区等 3 个志愿军烈士陵园，在那里您有可能看到您父亲的名字。"

接着，一位身着黑色中山装的中年男子走到兴华老人的跟前，亲切地说："老人家，我叫江亚平，是新华社驻平壤分社社长，我想向您老采访一下，想问您叫什么名字，哪里人，在什么单位退休，为什么这样大声哭喊？"兴华来朝鲜前已做足了"功课"，将复印好的几份寻找烈士父亲的文稿交给江社长。这些文稿发表于《中国档案报》、福建《闽侯乡音》报、湖南《三湘都市报》等报纸，其中 2018 年 10 月 19 日《中国档案报》刊登的《漫漫寻父路，步步骨肉情》、2016 年 9 月 5 日福建《闽侯乡音》报刊登的《爸爸，您在哪里？》等，引起江社长的关注。江社长耐心劝说："田老，不要着急，您父亲是我们国家的英雄，我们新华社平壤分社的记者们一定会配合您，把您父亲在朝鲜的安葬墓地找到。"说完，江社长给兴华照了一张照片，又到另一个地方采访去了。

不久，兴华老人得知，新华社 10 月 27 日每日电讯稿以《爸爸，您在哪里？》为题，对他在江东烈士陵园寻找烈士父亲的情况作了长篇报道，《解放军报》2018 年 10 月 27 日第 3 版进行了转载。

在江东志愿军烈士陵园，江亚平社长前脚刚走，后脚一位 1.7 米高的女士来到兴华老人跟前。她留着一头齐齐的短发，着一套白色外衣，30 岁出头，操一口北方普通话。女士从口袋里掏出一小包餐巾纸，抽出其中几张，递给兴华擦干脸上的泪水，然后平易近人地对他说："我是国内退役军人事务部驻朝工作组工作人员，叫阳光，您老是哪里人？父亲叫什么名字？哪个部队的，什么时候入朝参战的？在哪里牺牲的？您老还有资料吗？如有的话，再给我一份。"接着她又对兴华老人说："老人家，不要着急，过两天你们还会到平康、上甘岭、金化郡九峰里烈士陵园扫墓，那里也许您会找到父亲的安葬墓地。我们退役军人事务部驻朝工作组就是为你们做这方面工作的。这一次，你万一找不到您父亲的墓地，没关系，我们可以根据您提供的资料，想办法帮您找到。"

在国外看见眼前这位和睦可亲的国内公务人员，像见到了久别的亲人，感到非常温暖。兴华接过那美女递过来的几张餐巾纸，擦干泪水，做过简要介绍，然后说："阳处长，我现已年过古稀，这次来朝鲜，如找不到父亲的安葬墓地，九泉之下无脸与父亲见面。"

阳光处长听完兴华的哭诉，眼圈也湿润了。她从口袋里掏出一册袖珍笔记本，一边听一边记，很负责地说："后面还有几个烈士陵园，如果您还没找到您父亲的墓地，请回国后用微信转告我，我一定认真帮您找，直到找到为止。"分别时，阳处长主动把国内手机号码告诉他，并加了他的微信。她还叫她旁边一名同事用手机给他俩拍了一张合影，用微信传给他。

兴华老人遇见阳光女士，仿佛在寻父道路上发现了一条天线，看到了最后一线希望。后来也证明，这条天线特别灵和管用，有求必应。举下面一个例子足以说明。比如，在朝寻亲最后几天，他们团来到了金化郡九峰里烈士陵园和上甘岭烈士陵园2号墓区。这两个陵园离三八线军事分界线只有几公里，没来得到修缮，也没有建立英名墙。九峰里烈士陵园里40个合葬墓，共安葬着16000多名志愿军烈士，共40块烈士纪念碑，每个碑后面只刻有10个烈士名字，最后落款是“三四百人等”字样。上甘岭烈士陵园2号墓区有13个合葬墓，共安葬5000多名志愿军烈士。13块烈士墓碑后面也只刻有10个烈士名字，后面落款也是“二三百人等”字样。最后离开上甘岭烈士陵园2号墓区已是下午6点多钟了，兴华老人只好在24军70师的杜月朝烈士合葬墓里取了2包土——他与父亲是同一部队同一天牺牲的，然后他失望地离开了那里。

2018年10月31日，兴华回国后，与阳光女士架起了相互联系的天线，先后9次与她交流。这些年来，他们之间的联系没中断过。2019年11月30日，一条特大喜讯从阳光微信中传来。那条微信是这样写的：

田老，您好！

您父亲安葬在金化郡九峰里烈士陵园2排1号墓。现在是合葬墓。金化郡下辖九峰里。九峰里烈士陵园还没有重修，没有英名墙，待重修后您父亲的名字会刻在上面的。我们这网络不好，回复不及时，请谅解。

祝您身体健康！

阳光女士的回信，使兴华老人在寻找父亲安葬地的路上又吃了一粒定心丸，信心更加坚定。新冠肺炎疫情过后，只要朝方那边开放，只要自己能走，他一定带着女儿再到九峰里烈士陵园为父亲扫墓。

五　奔赴元山和五圣山途中，感知抗美援朝战地境况

2018 年 10 月 27 日下午 1 点半左右，访问团急急忙忙吃完中饭，根据朝方安排，登上一辆朝方的大巴，前往朝鲜东部海岸边一座美丽的城市——元山。

听说元山两个字，兴华特别兴奋，那是他向往已久的地方。据解放军出版社《烈焰狂飙——中国人民解放军第 24 军征战纪实》一书记载，他父亲所在部队，即 24 军 74 师，1952 年 9 月从鸭绿江边辑安渡江入朝之后，经过近一个月的长途行军，来到元山驻防，以阻止美国航空母舰从海边登陆。兴华小时候听母亲说，父亲牺牲前最后一封信是从元山发出的。信中告诉全家，打完这最后一仗，回来看望爷爷和未见面的儿子。

从平壤解放宾馆上车时，兴华就发现朝鲜的旅游大巴与国内不同，大巴下面没有放行李箱的地方。为行车安全和方便，朝方另外专门安排了一辆小车给大家运行李。从平壤到元山有 200 多公里，基本上是平原和丘陵地区。为保证大家的安全，大巴每小时只行驶 40—50 公里，晚上 6 点多钟大家才到元山。冬天的朝鲜非常寒冷，天黑得较早，大巴车在元山街上穿梭，道路两旁闪烁着有气无力的黄色的路灯。海滨的元山根本看不见海。大巴车在

街上穿行了约20分钟，来到元山市一家7层楼的酒店，据说那里是元山最好的酒店。大家用完晚餐之后，像赶鸭子似的，大巴车急急忙忙又行了20多公里，在郊外的一家叫马息里的宾馆住宿。据说，马息里宾馆是朝鲜一家新建的六星级酒店，也是元山市最好的酒店，外观具有朝鲜民族特色，背靠一座四五百米的大山，大山上有朝鲜政府新建的一个滑雪场。宾馆内装饰豪华，设备齐全。

晚上7点半，大家卸下行李来到酒店大堂，副团长申云峰说："明天早上5点钟叫早，5点半吃早餐，6点钟准时出发，到金化郡九峰里和上甘岭烈士陵祭扫。我们到九峰里、上甘岭烈士陵园，要经过五圣山，那里山高天寒，大家明天一定要多穿一点保暖衣服。入住之后要立即洗刷，早点休息睡觉。"

申团长的话简单明了，大家拿到各自的房卡，纷纷坐电梯上楼去了。

听说第二天能到达父亲长眠的地方，兴华老人心里非常高兴。70年的梦想就要变成现实了，明天可以走到父亲墓前，叫声"爸爸"，可以与父亲跨时空阴阳见面，可以在父亲墓前烧香跪拜，实现古稀之年做儿子的尽孝义务，想到这些，一天的长途行车的疲倦全部烟消云散。老两口你看着我，我望着你，没有一点睡意了。坐在床上，老伴对兴华说：

"田兴华，趁现在没有睡意，你把带的那一沓比你生命还重要的寻父资料和祭扫物品清点一下，以免明天早上起来，来不及清理，把东西落下了。"

于是，兴华老人把随身携带的那口大箱子打开，把父亲的生平事迹和烈士证、立功证、4枚纪念章和立功章，《74师简史》《烈焰狂飙——中国人民解放军第24军征战纪实》，以及父亲战友陈礼源、尤本灿开具的有关父亲安葬地的"书证"，一件一件拿出来，清点好后，放到随身背的背包里。同时，把从家乡带来的纸钱、香烛、水果等祭品放到另一个布袋里。老伴又说："古人云：'入土为安'，明天到您父亲墓上取土时，一定要准备两个小布袋。在您父亲坟上取两包土，分开藏好。"

兴华老人问她为什么？她笑着说："前不久，我从手机微信中看到这样一条视频，有一个中国人民志愿军烈士后代到韩国，从父亲坟上挖了一包土，过境时被韩国海关查封。我们也要多长一个心眼，准备两个取土的小布袋，一个取土的袋子放在行李箱跟车走，一个放在随身背的背袋里，没收一个，还有另一个。"老伴的提醒，使兴华十分敬佩，也使他记起爷爷1961年临终前对他说的那段话："孙子，你父亲牺牲在朝鲜，尸体埋在朝鲜，能不能运回来，那是政府的事。你长大后，如果有机会去朝鲜，找到你父亲的坟墓，一定要取一包土回来，让他与你娘埋在一起，入土为安，阴间团聚。"那天晚上，兴华老两口不顾疲劳，清点行李，以及第二天要带的水壶、食物等，一直忙到深夜11点多。

28日早晨4点半，兴华老两口就起了床，按团里规定，准时吃完早餐，5点半钟拖着行李箱来到宾馆大厅。团里其他同志也陆续到来，把行李装上小车，时钟指向6点钟，大家整队出发。

当大家拉开大门时，一股冰冷的寒气，夹着棉团般的雪花，扑面袭来。昨夜元山还是零上几度，早上起来，降到零下10多度。顿时，地上白了，房顶上白了，远处山上银装素裹，大地一片白茫茫的。好像老天爷知道他们今天要经过五圣山，去父辈们长眠的地方去祭扫，专门下一场大雪迎接大家，让大家实地体验一下父辈们同美国鬼子雪地战斗的情景。

访问团37名成员，除2名志愿军老兵外，绝大多数是志愿军烈士的后代和亲人，上车时大家很讲礼貌，让年纪大的和晕车的人坐前面，年轻的坐后面。80多岁的曹老、孟老坐前面第2排，兴华年纪老四，他和老伴坐在曹老后面的第3排。

装行李的小车在前面雪地里开道，大巴在后面跟随。小车在狭窄的山间小道上，划出2道蛇形般的车辙之后，很快被棉花般大雪重新掩盖。大巴前面的挡风玻璃上的刮雨器，左右不停来回摆动，洗刷玻璃板上的雪花，发出“咯咯”的响声。大家瞪着窗外，没有一点睡意。

大巴车行驶一个多小时后，大概来到了五圣山北麓。这时，坐在前面的曹家麟老人突然从坐位上站起来，走到大巴中央，左手抓着一根柱子，右手指着窗外的大雪，动情地对大家说：

“下雪了，我看到窗外的大雪，就想起当年我们并肩作战的战友，你们的父辈，当年同美帝国主义作战的情景。大家将沿着我们当年的战友，你们的父辈当年战斗的足迹前行。大家还将到我们的战友和你们的父辈长眠的地方——九峰里和上甘岭烈士陵园祭扫。这次，是在朝鲜海外同胞援护委员会和‘朝总联’的关心和帮助下实现这个愿望的。将要来到的三八线附近的五圣山地区，按照朝方要求，不能随便照相。大家来到我们亲人的身边，总想把我们看到的照下来，与家人分享。朝方不是对人家不相信，是为了他们国家的安全，不让我们拍的，绝对不能拍。大家要理解朝鲜朋友，坚决做到。这次经过五圣山，去九峰里和上甘岭烈士陵园祭扫，来之不易，是朝鲜海外同胞援助委员会和‘朝总联’找他们领导的领导，做了很多工作，才同意我们到上甘岭和九峰里烈士陵园。要感谢随团的朝鲜同志。”大巴继续在五圣山北面的山脚下行驶，山上白雪茫茫。大巴在山脚下一条泥土和沙子铺成的山路上行驶，从窗外向下看，可见小溪、流水、小水坝、小水电站。

据有关资料记载，五圣山是朝鲜十大名山之一，海拔 1051.3 米。当地传说，有五位圣人在山中炼丹成仙，故称五圣山，是朝鲜人民朝拜的神山。1953 年 7 月 27 日，五圣山成为朝鲜停战的南北分界线，又名“三八线”。

兴华第一次来到这里，因为这里是他父亲生活、战斗和牺牲的地方，他对这里的山、水、草木都特别感兴趣，只希望车子慢开一点，多看一点，多了解五圣山与金城反击战。兴华用手捂着嘴在曹老耳边轻声细语地说：“曹老，听说您参加了五圣山地区金城反击战，1953 年 7 月 14 日，我父亲也参加了这次反击战，在战斗中负重伤，15 日抢救无效，光荣牺牲，我想请您简单介绍一下金城反击战的来龙去脉。”

曹老拿起随身带的保暖水壶，喝了一口水转过头对兴华说：“关于金城反击战有很多资料，你在网上可以查。我这里只能简单介绍一下。1953 年春，中朝军队进行了充分的反登陆作战准备，迫使‘联合国军’放弃了侧后登陆的作战企图，恢复了已中断 6 个月的朝鲜停战谈判。6 月中旬，正当停战谈判筹划签字之际，南朝鲜李承晚政权却反对这一协议，扬言‘单独北进’，以图破坏停战。1953 年 7 月 13 日，志愿军发起了抗美援朝战争的最后一战——金城反击战役。由 20 兵团指挥第 21、第 54、第 60、第 67 和第 68 军以及第 24 军，6 个军总兵力 24 万人，在金城以南——牙沈里至北汉江间 22 公里地段上对韩国第 3、6、8、9 四个师团展开进攻。集中了 1360 门火炮，包括威力强大的喀秋莎，平均每平方公里 44.4 门，还有 20 辆坦克参战，形成强大的进攻力量。兵力上形成 3 倍于敌的优势，在火力上也形成 1.7 倍于敌的优势。

“从 7 月 13 日至 27 日停战，志愿军第 20 兵团打退了美军和韩军的连续反扑 1000 余次，志愿军守住了新占领的约 180 平方公里的地区，重创了南朝鲜4个师，毙伤俘敌5.3万人，有力地促进了朝鲜停战的实现。

“金城反击战中，您父亲所在的74师，7月14日，在夺取和防御金化、平康、金城‘铁三角’门户432.8高地是立了大功的。先后打退敌人在飞机、大炮、坦克的支援下的共18次反扑，歼敌500多人。完成了坚守432.8高地的任务。您父亲所在部队是一支英雄部队，你父亲是英雄，是好样的。”

正当曹老讲得津津有味，兴华和老伴听得聚精会神时，分管行政的代表团副团长申云峰叫停了大巴，在车上宣布：“我们行车3个多小时了，现到了五圣山中部‘金三角’相交处，为了让大家方便，大巴停下来，让大家下车休息20分钟。男同志在车的右边，女同志在车的左边，各自寻找隐蔽的地方解决问题。”其实，这个休息的地方是曹老出发前早已选好了的，因为曹老多次来这里。大家方便之后，曹老来到一块公路标牌处，上面写着一排朝文，大概是这里的地名。曹老站在三条公路交会处，用手指着左边那条公路说：“这条公路通往平康。”用右手指着车右边那条公路，说：“这条公路通往金城。”用右手指着中间那条公路说：“这是我们下面马上要去的九峰里烈士陵园。”三条公路介绍完之后，曹老又来到不远的一座小山坡上，指着前面白雪覆盖又有云雾缭绕的地方，精神抖擞地说：“前面远处是五圣山主峰，海拔1051.3米，是我们浴血奋战，与敌人争夺的地方。”

对五圣山这个英雄和神圣的名字，兴华从寻找父亲安葬地开始，略知几分。2016年初，在解放军文艺出版社出版的《烈焰狂飙——中国人民解放军第24军征战纪实》第20章“中线弯弓射虎狼”那一节是这样描写的：“上甘岭北偏西3公里是海拔1060米的五圣山……这一地区是敌人进攻朝鲜的咽喉，是兵家必争之地。

敌人发动‘金化攻势’，就是企图夺取这一地区，再长驱直入朝鲜。”（该书 306 页）又说，“五圣山山峰高耸，可以俯瞰纵深……山岭重叠险要，坡陡路窄，交通不便……”（该书 320 页），又写道：“隆冬，大雪纷纷，积雪尺余，气温降到零下 37 度……”

金成反击战中，兴华老人的父亲所在 24 军 74 师 222 团 1 营，主要攻打五圣山中西部一个叫 432.8 的高地。该高地位于美国为首的联合国军防地的门户，三面是悬崖峭壁，道路狭窄。敌人阵地前三道战壕，6 道铁丝网，暗堡林立，易守难攻，固若金汤。兴华老人的父亲所在部 74 师 222 团 1 营是攻打 432.8 高地的第一梯队。据父亲当年战友陈礼源和尤本灿回忆，222 团团部和 1 营营部均设在九峰里。7 月 13 日 7 时 30 分，1 营全体指战员冒雨潜伏到冲击出发地点，14 日 1 时 1 营营长杨德昌命令全营向 432.8 高地冲去。一颗颗子弹从战士们枪膛喷射而出，一个个手榴弹在敌人阵地炸开了花。

关于攻打 432.8 高地，《烈焰狂飙——中国人民解放军第 24 军征战纪实》第 323 页中有这样一段猫写：“222 团……参谋长王治平带领 1 营于 14 日 10 时 30 分向桥田、芦洞之敌发动攻击……”“1 营营长杨德昌当即要求炮火对上述之敌进行集中攻击，并命令三连向 432.8 高地攻击……13 时 20 分，3 连……一举占领 432.8 高地……后来，敌人 2 个步兵连，在五辆坦克配合下气势汹汹向 3 连阵地扑来，……在一天内连续抗击敌人 18 次冲击，依据简易工事，与敌展开近战，歼敌 500 余人，出色完成 432.8 高地的坚守防御任务，战后荣立集体一等功。”（该书 326 页）

兴华为了找到父亲战斗和牺牲的地方，从挂包里拿出《烈焰狂飙——中国人民解放军第 24 军征战纪实》和 2016 年 8 月兴华老人在老部队某摩步旅复印的《中国人民解放军步兵第 70 师（原 74

师）简史》，用手指着复印的一张当年攻打 432.8 高地作战地图，问曹家麟老人："曹老，当时我父亲 74 师 222 团 1 营攻打五圣山西部的 432.8 高地，作战地图标明该地在金城、注子洞、新木洞这个'金三角'的西边。请问一下，该高地离我们现在所站立的位置到底有多远？"曹老用手把老花眼镜固定了一下，拿过兴华老人手中的复印的军用地图，用右手指量了一下之后，说："老田，过去的军用地图是有比例的，师级一般为 1∶5 万，按照我现在不准确的用手指测量，432.8 高地离我们这里大约 10 公里。"他要兴华顺着他手指的方向向远处看，说："大概就在我手指所指引那个方向，有 10 公里，1 万米啊！肉眼看不清楚，我们都没有带望远镜，只能估计那个方位。现在那里是军事停战后的军事分界线的军事缓冲区，非常遗憾，我们这次不能去那里。"

兴华老人打破砂锅问到底，想进一步了解抢救负重伤的父亲的那个 74 师野战医院设在什么地方，就在这时，申云峰副团长在大巴前大声吆喝："休息时间到了，请同志们赶快上车。"兴华老两口只好收住话题，在"金三角"交会处那个小山坡上扯了一些小树根和小草，装进小布袋里，依依不舍地离开了那个永远难忘的地方。

六　在九峰里烈士陵园与父亲阴阳对话

大巴在五圣山东北山脚下继续行驶，大约 1 个小时后，突然在一条 10 米宽的小溪西岸停下来。随团跟车的"朝总联"副会长崔守峰在车上对大家说："各位贵宾，小溪对面 2 公里就是九峰里烈士陵园。这里没有过河的公路桥，我们的汽车必须沿西大堤的一条土路下坡，然后涉水过溪，再沿对岸堤坎上一条土坡到达对岸。”为减轻大巴的载重量，崔守峰要大家下车步行，并要求年轻人协助师傅推车。九峰里村的朝鲜村民得知来的是中国人民志愿军老兵和烈士后代寻亲团，纷纷主动跑来帮助推车。访问团有一位年轻人开玩笑说：“老天爷有眼，助我们寻亲，要是春天，溪里涨洪水，我们到九峰里烈士陵园祭拜就会泡汤。”还是人多力量大，在团里年轻人和当地村民的支持下，随着“一、二、三”的吆喝声，加上大巴本身的动力，硬是把12吨重的汽车从溪中心推到对岸大堤上。大家听说离九峰里烈士陵园只有2公里，步行只需半个小时，一致决定步行上九峰里，把大巴暂时停在堤上。

大家步行上堤后，九峰里山已映入人们的眼帘。该山不算太高，大约海拔200米，坐北朝南，方圆几公里，远看像一头卧睡的大水牛，左高右低。大家边走边看，可见九峰里山的轮廓。到九峰里虽然只有2公里，但路不好走，有1公里的田间小道和1公里的山路。因上午下雪，雪水、雨水、泥水交织在一起，仿佛像糊墙壁的“三花泥”，只能深一脚，浅一脚，试探性地前行。有一个团员脚踩到一个泥坑里，脚拔出来了，鞋子却留在泥坑里。有的团员干脆脱掉鞋子，赤脚行走。有一位年轻的志愿军战士后代乐观地说：“眼下的泥水算什么，比我们父辈当年在枪林弹雨中前行的困难小多了。”

在长沙时，女儿考虑到朝鲜山路不好走，专门上街给老两口分别购买了1000多元一双的防水鞋，叫他们带着。在此地，兴华老两口各提一个小包，眼下的雨水泥巴在防水鞋下犹如走平路，走在祭扫队伍的最前面。84岁的团长曹家麟，拿着他那从不离身的微型摄像机紧随其后。兴华老两口、曹老、志愿军后代杜粮存4人如尖兵般领着队伍前行。步行大约半小时后，终于来到了九峰里烈士陵园。这陵园分布在九峰里右山脚下，面积有 10 多亩，没有牌楼和纪念亭。来到陵园跟前，只见 8 座同类型大小，像蒙古包式的坟包。坟包前竖立着一块高约 2 米、宽 80 厘米的墓碑，墓碑上用中文刻着“中国人民志愿军烈士之墓”11 个大字。墓碑下面还铺着一块长长的石板，供烈士亲属摆放祭品之用。坟墓周围用一圈花岗石围砌着一圈矮墙，防止坟上的黄土散落下来。坟堆上面已长满了一层薄薄的小草。走近一看，8 座烈士墓后面隐隐约约看见还有同类型的墓碑和坟墓。

志愿军老兵曹家麟团长介绍，九峰里烈士陵园有 40 座合葬墓，安葬了 1951 年 6 月第 5 次战役结束之后，一直到 1953 年 7 月 27 日实现朝鲜停战以来，牺牲在朝鲜江源道金化郡地区的志愿军烈士，共 16848 位。其中有荣获朝鲜民主共和国英雄称号的伍先华、杨春增、李家发、许家朋等烈士。烈士陵园坐东朝西，面对祖国，是朝鲜境内安葬志愿军烈士最多的一处陵园，它距军事分界线约 4 公里。陵园前，有一条 200 多米长的黄色土路，像一条铺展在陵园前的黄色“地毯”，前面有一块蓝球场大小的草坪，供祭扫人群使用。

志愿军老兵和烈士亲属赴朝祭扫代表团于九峰里烈士陵园合影

下午2点半左右，兴华所在的访问团和江苏省昆山市志愿军后代寻亲团会合，80多人先后抵达草坪。两个团分别拿出红色绸布横幅，在各自队伍前展开。兴华所在团展出的横幅是：“九峰里、江东、上甘岭志愿军老兵和烈士亲属扫墓团”，特别耀眼显目。

这时，曹家麟团长精神抖擞地走到队伍最前面，面对陵园，严肃地大声宣布：

“战友们，先烈们，亲人们，我们今天来了，来到你们长眠的地方——九峰里烈士陵园。现在，我宣布祭扫活动开始，第一项，向九峰里志愿军烈士敬献花圈。”

此时，九峰里一片肃静，鸦雀无声。高大魁梧、着一套黑色中山装的“朝总联”副会长崔守峰和一位女工作人员出场了。他俩抬着一个直径1米多、中间写着“奠”的大花圈，走出队伍，恭恭敬敬地摆放在前排中央第4座合葬墓前，并弯腰整理了一下挽联带，三鞠躬之后，回到了队伍里。第3个献花圈的是江苏省昆山市志愿军烈士后代代表团。

献花圈仪式结束后，曹老紧接着宣布祭扫活动第2项——宣读祭文。由志愿军老兵、原志愿军总政治部文工团团员孟宪常宣读。孟老和曹老是老搭档。孟老1934年6日出生，时年84岁，他和曹老多次带志愿军战士后代到朝鲜扫墓。那天，孟老也像曹老一样，穿一身黄色军装，胸前也挂满了抗美援朝纪念章、立功章。孟老走到队伍中央，从口袋掏出2页打印好的文稿，戴上老花眼镜，面朝烈士陵园大声宣读：

> 长眠在九峰里烈士陵园的战友们、亲人们，68年后我们从祖国来看你们了。68年前，你们响应祖国“抗美援朝，保家卫国”的号召，毅然别离父母、妻儿，奔赴抗击以美国为

首的所谓联合国军对朝鲜发动的侵略战争……在艰苦卓绝、残酷无情的战争岁月，你们用鲜血凝结了中朝两国人民的友谊，用你们的骨肉和鲜血锻就了中国人民志愿军的英名，在打击侵略者的战场上……你们冲锋陷阵，浴血奋战……打出了军威、国威，也向世界宣告，中朝两国被侵略、被殖民的屈辱的时代从此结束了……

亲爱的战友们，亲人们，你们用生命保卫了朝鲜的国土，用青春和热血捍卫了祖国的尊严，为祖国的崛起赢得了和平的环境，为祖国和人民带来了和平和安宁……

战友们，亲人们，祖国没有忘记你们，战友和亲人没有忘记你们，你们的精神与青山共存，与日月同辉。缅怀先烈之英灵，托今日之哀思，素花一枚，清香三炷，顿首哀思！

战友们，亲人们，安息吧！伟大的中国人民志愿军战士永垂不朽！

宣读祭文之后，曹老接着宣布：

“祭扫活动第 3 项，个人自由祭拜。请大家各自去寻找你们自己的亲人。”

曹老话音刚落，大家像小鸟似的飞向九峰里陵园的各个角落。在国内，有一小部分烈士后代通过各种渠道打听到自己亲人的安葬地，有目的地去找自己的亲人，而兴华老两口没有既定目标，手中只有一张父亲战友尤本灿开具的“书证”。兴华对老伴说：

“冬安，我们都是 70 岁左右的人了，来朝鲜一趟不容易，要把九峰里 40 座合葬墓拉网式查一遍。我负责查看墓碑上英烈名字，你负责每块墓碑烈士名单的照相。我们一个一个地找，一块一块地拍摄，不放过任何可疑名字。”

老伴冬安女士连连点头应允。

他俩首先来到1排1号墓碑后面，兴华戴着250度的老花眼镜，发现烈士碑后面烈士姓名是从左至右竖排雕刻排列，发现有李、王、张、朱、孙等10个姓氏烈士名单，最后一个名字下面刻有“381等”。正当兴华老两口准备离开该合葬墓，到第2排1号合葬墓时，隔壁1排5号合葬墓边传来阵阵揪心的小哭声。这把兴华老两口吸引住了，走近一看，是一位蓄着齐耳短发的女士。那女士爬在坟堆上一边哭，一边用双手在坟包上挖土，然后把挖出的散土装进一个黑色布袋里。兴华再仔细一看，是他们团的徐中珍女士。她40岁出头，家住河北泊头市。她爷爷徐文华是志愿军67军200师600团的战士，1953年7月13日在金城反击战中英勇牺牲，原葬在金化郡官岱里。徐女士是一位热心帮志愿军烈士后代寻找亲人的志愿者，曾经帮助多人寻找到他们亲人的墓地。前不久，国内一位志愿者告诉徐中珍，她的爷爷徐文华安葬在金化郡九峰里烈士陵园1排5号合葬墓。她想在爷爷徐文华坟上取一些土，带回老家，放在奶奶的坟里。

正当兴华与徐中珍女士交谈，要她注意保重身体时，左边1排8号合葬墓碑传来一阵阵打雷般的哭叫声：“爸爸！爸爸！你生了我，怎么又不管我？你怎么连一张照片也没有给我留……”那哭叫声撕心裂肺，很多团里的成员暂时停止寻找，跑过来规劝那位古稀老太太，怕她太激动出问题。兴华老两口也跑到1排8号合葬墓碑前，发现一位个子不高，穿得非常简朴的老人，一手抱着8号墓碑，一手锤着自己的胸口，大声哭喊着。兴华走近一看，是他们团烈士遗腹女李凤英老太太。李老家住北京，父亲李四是志愿军68军202师606团的排长，1951年父亲牺牲在朝鲜时，她还在妈妈的腹中。68年来，她既没有见过父亲，也没有叫过一声爸爸，更不知道父亲忠骨安葬在何处。2018 年 10 月初，志愿军老兵曹家麟老人告诉李凤英，她的父亲李四安葬在九峰里烈士陵园的 1 排 8 号墓，她通过北京市公安部门“绿色通道”很快办好了出国手续，随团来到九峰里。

2018 年 10 月 28 日，田兴华在朝鲜九峰里烈士陵园祭拜

据知情人士说，九峰里烈士陵园修建于 1975 年，距今 40 多年。由于年代久远，再加雨水风化，碑上字迹有些脱落，有的笔画变淡，很难辨认。兴华为完成自己寻父的任务，简单安慰李凤英老人几句，便从 1 排 8 号墓开始逆时针方向，重新拉网式查找，依次类推，一个挨着一个查看。尽管难度很大，兴华老两口还是一

块一块地查找、拍照，不放过任何可疑字迹和烈士名字。通过 40 多分钟的查看，兴华看完了倒数第 1 座墓到倒数第 38 座墓，均未看见父亲田全仁的名字。正当兴华对查找失去信心时，该烈士墓碑上的烈士名单中从左至右第 3 排，从上到下第 2 排有“田全”两个中文字迹出现，字迹轮廓也比较清楚，但非常遗憾的是后面那个“仁”字不太清楚。于是，兴华老人急忙跑到第 1 排合葬墓前，把随团记者、国防大学退休教授李钢林请到该墓碑前帮助辨认。李教授年过 60 岁，个子高大，他戴上老花眼镜，弯下腰仔细看了三四遍，起身对兴华老人说：

“老田，前面 2 个字有点像‘田全’，但第 3 个字我也拿不准是不是‘仁’字……”

兴华非常感激地送走李教授后，重新回到那块墓碑面，恨不得用双手把那个糊糊的“仁”字抠出来，也恨不得变成封神榜中的“土行孙”，钻到坟堆里看个究竟。兴华还恨自己没有带上红油漆，涂上它，奇迹有可能出现。

此时，兴华老人发现有部分团员纷纷寻找到他们的亲人墓地，而自己一无所获，悲痛的心情再也无法控制了，他站在那座模棱两可的墓碑前，像未成年孩子似的大声哭喊：

“爸爸，您到底埋在哪里？”

哭喊声震动了整个陵园，惊动了所有祭拜的人。突然，兴华老人的头被一位年近 70 岁的女士紧紧抱住，说：“大哥，我也没有找到父亲的墓碑……”

兴华用力推开她的手，抬头一看，是团里四川宜宾烈士后代张小玉。张女士是兴华老人到丹东之后第一个认识的烈士女儿。她 1948 年 12 月出身，比兴华小 1 岁，他叫她为小妹，她也叫他大哥。她的父亲张泽沛，1928 年出身，1950 年 11 月参加中国人民志愿军，在15军45师135团3连任文书，1952年在朝鲜牺牲。她父亲牺牲时小玉只有1岁多，她的母亲后来改嫁。她由外公、外婆拉扯长大。在九峰里烈士陵园，张小玉找遍所有合葬墓碑，也没有看见她父亲的名字。同命相连的兄妹俩抱成一团。这时，曹团长扶着老伴石大姐来到他们跟前，说：

“老田，张小玉，你们不要哭了，九峰里烈士陵园还没像江东烈士陵园那样重修，建立英名墙。等重修之后，你们俩父亲的名字有可能在英名墙上出现。另外，听老田说过，有一张‘书证’说父亲田全仁安葬在平康烈士陵园。据说平康烈士陵园都迁移到上甘岭烈士陵园2号墓区，下一站，我们马上要到上甘岭烈士陵园祭扫，你有可能在那里能找到你父亲田全仁的名字。”

这时，很多团里烈士亲属来到兴华老人和张小玉老人跟前做工作。一位40多岁的年轻帅哥走到兴华老人跟前说：

“田大哥，我大爷杜月朝和你父亲田全仁同属24军74师，下一站我们马上要到上甘岭烈士陵园祭扫，我大爷就安葬在上甘岭烈士陵园2号墓区，有可能在那里，您能找到父亲的合葬墓。”

曹老和杜帅哥的劝说，使兴华老人得到了安慰，激动的心渐渐平静下来。兴华老人用小手巾擦干脸上的泪珠，叫老伴把从长沙带来的苹果、广橘，父亲爱吃的糖果，家乡产的酒，以及3斤纸钱，一把香摆放在上面刻有“田全”两个字的那座合葬墓碑前，开始祭拜。老伴把3斤钱纸一张一张撕开，兴华老人用打火机一沓一沓的点燃，放在祭台上，再把点烧的那把香插至坟堆上，而后回到该幕碑前，双膝跪拜在地，嘴里念念有词，说：

“爸爸，不管您埋没埋在这座合葬墓，我和您儿媳——蔡冬安已来到这里，我们的哭喊声不知您听见了吗？您感觉到了吗？”

瞬间，兴华老人仿佛听见他父亲在说：

“儿啊！不要太悲伤，你能千里来看我，我感到很欣慰了。兴华，家乡，我是回不去了，以后我就留在这里了，有机会要常来看我。”

兴华老人对父亲说：

“爸爸，毛主席的儿子也没有回国，您在这里还有1万多战友与您相伴，明年我会带着您的孙女全家来看您的。”

兴华知道“人死如灯灭”之理，也知道这是他与父亲阴阳对话，其实，父亲什么也听不到，看不见，这一切是他自己寄托哀思的想象，只是让长眠在异国他乡的父亲不再孤独。

正当兴华老人磕头跪拜，沉思在各种想象之中时，九峰里烈士陵园前面草坪中传来一阵大喊声：

“祭扫的同志们，注意了，祭扫时间已到，大家赶快回到车上，准备去下一个祭扫点——上甘岭烈士陵园。”

志愿军老兵曹家麟、孟宪常在朝鲜元山酒店会见田兴华夫妇（左起：蔡冬安　曹家麟　孟宪常　田兴华）

原来是副团长申云峰喊话的同时，金化郡城市建设部金万山部长听说大家来九峰里烈士陵园祭扫，开专车从金化郡专程来九峰里烈士陵园看望大家。兴华为了确定父亲田全仁准确的安葬地，他把事先写好的一张上面写有父亲姓名，籍贯，部队番号，牺牲时间、地点的小纸条递给曹老，要曹老帮他转交金部长，帮助查找。上大巴以后，大家依依不舍地离开了九峰里。

七　在上甘岭烈士陵园 2 号墓区了却心愿

2018 年 10 月 28 日下午 4 点左右，九峰里烈士陵园祭扫结束之后，访问团沿路返回到金化、九峰里、平康三条公路交会处，当地人称为“铁三角”，再向右上平康公路。

从早上 6 点元山马息里宾馆出发，到九峰里烈士陵园祭拜结束，整整 10 个钟头，由于大家寻亲心切，把吃中饭之事忘到脑后，直到返回三岔路口时，肚子才感觉到有点饿。有一位年轻团员问团领导：“我们在哪里吃中饭？”这时，跟车的“朝总联”一位工作人员站在车前面，面对后面人大声说：“贵宾们，我们车上给大家每人准备了一份盒饭，大家坐在座位上不要动，我们从前至后把盒饭送到您们手中。”那位发盒饭的工作人员一边发，一边解释说：“贵宾们，对不起，我们大巴车上没有保温设备，另外，我们这里离三八线只有几公里，是军事管制区，沿途没有酒店和饭铺，希望大家克服一下暂时困难，晚上回平壤宾馆，再给大家补偿一下。”

当时的平康地区，气温也是零下 10 摄氏度，加上上午一场大雪，盒饭已经冰凉。大家打开一看，盒饭虽冷，但内容丰富，有火腿肠、红烧肉、西红柿炒蛋、白菜三荤一素。俗话说："饥不择食。"几位消化功能强的年轻人，三下五除二，几分钟把盒饭吃得精光。一位年轻的烈士后代边吃边开玩笑地说："当年抗美援朝时期，我们的父辈在上甘岭打美国鬼子，吃炒面、吞雪团、啃石头，今天，我们为寻找父辈安葬墓吃一点冷盒饭，这也是父辈当年生活的一次实地体验。"那位年轻帅哥话音一落，车内一阵哈哈大笑，弄得朝方发盒饭的工作人员不好意思。

兴华的老伴蔡冬安是一位慢性胃炎患者，经常疼痛，不敢吃冷食品。她怕朝鲜饮食不适宜，在长沙商店专门购买了两袋芝麻糊，还带了一个小碗，肚子稍饿，就用开水冲服。为了方便冲服，她专门带了一个能装 5 斤开水的大保温水壶。在车上，她看见一些老年人冷盒饭吃不下去，主动站起来对大家说："我这里带了两袋芝麻糊，开水也有，哪个需要请到我这里来。"说完，他老伴首先给两位志愿军老兵及家属分了一些芝麻糊。接着，又有几位肠胃不好的团员向她要了几勺。

另外，兴华看见很多团员只带了一瓶只装 400 毫升的保温杯，不少人杯子里面见了底，便主动站起来大声说："需要喝开水的到我这里来，这里有开水。"有几位团员来到他身边取了一些开水。坐在大巴后排的一名小帅哥、湖南邵阳志愿军烈士后代黄远球站起来大声说："昔日，我们的父辈为守上甘岭，一个苹果，一壶水，自己舍不得吃，舍不得喝，你推我，我推你，谦让着吃和喝。今天，我们去上甘岭烈士陵园扫墓路上，田老和蔡老的芝麻糊和开水自己舍不得吃喝，分给了大家，真是上甘岭精神的传承人。"顿时，车厢里又是一阵哈哈大笑。这时，老田看到很多团员把自己从国内带来的饼干、水果都纷纷拿出来给大家分享。车上，你一言我一语，有的唱歌有的讲故事，不知不觉到了上甘岭烈士陵园。

在兴华原来的想象中，上甘岭烈士陵园一定离上甘岭不远，在五圣山上。可是一下车，看到上甘岭烈士陵园在一块平地上。该陵园属于平康郡福溪镇管辖，占地 10 亩左右。兴华没有忘记，1952 年 10 月中旬，美国侵略军集中两个师的兵力，坦克 170 余辆，大炮 300 多门，在大量航空兵的配合下，向我军上甘岭防线两个连的阵地发动强攻，开始了一场空前激烈的争夺战。在我军不足 4 平方公里的阵地上，敌人平均每天发射炮弹 24000 余发，共投掷重磅炸弹 5000 余枚，战役持续 43 天之久。但由于我军发扬了高度的革命英雄主义气概，依靠坑道工事和强大的火炮支援，坚韧顽强，打退了敌人数十次进攻，歼敌 25000 余名，上甘岭阵地屹立未动。此次战役，我军出现了许多可歌可颂的英雄事迹。如荣获“朝鲜民主主义人民共和国英雄称号”的伟大战士黄继光、邱少云、孙占云等同志都是此次战役中牺牲的。除上述 3 位著名战斗英雄安葬在沈阳外，其余 60 位连级以上干部均安葬在上甘岭烈士陵园。还有很多上甘岭战役牺牲的烈士分散安葬在其他地方。

到达上甘岭烈士陵园已是下午 5 点多了，太阳快要落山，天边挂起了一层薄薄的云雾。当走进陵园大道时，一个高 5 米、宽 10 米的雄伟牌楼，展现在大家面前。牌楼由前后共 4 根大柱支撑着，牌楼上面有双层盖顶，“烈士陵园”4 个大字非常醒目。从牌楼中央向后看去，一座“纪念亭”清晰可见。再往后面看，60 座连级以上干部的独墓整齐有序地排列在一片松柏树林之中，每个独墓前均竖立着一块墓碑，上面刻有烈士的名字。

下午 5 点左右，曹家麟带领大家按照九峰里烈士陵园祭拜模式开始祭拜。祭祀结束时，曹老率一些团员在牌楼下面，会见了上甘岭烈士陵园朝方守陵人金成浩的 3 个子女，并赠送了一些纪念品。

从九峰里去上甘岭烈士陵园的车上，听曹家麟说，上甘岭烈士陵园 600 米处，有一个 2 号墓区，是 1975 年平康志愿军烈士陵园移迁过来的，有 15 个合葬墓，葬有 5000 多名志愿军烈士，大部分是 1953 年 7 月 13 日金城反击战 24 军牺牲的烈士。兴华在九峰里烈士陵园没有找到父亲的准确墓地，便把希望全部寄托在上甘岭烈士陵园 2 号墓区。正当他焦急等待去 2 号墓区祭扫消息时，有一位团员对他说：

“老田，听说二号墓不去了，说那里虽然不远，只有 600 米，但那里要过几丘水田，田里有水，天黑又下雪，车子开不进去。为了大家的安全，团里决定取消这一行程。”

2018 年 10 月 28 日，田兴华在朝鲜上甘岭烈士陵园祭扫志愿军英烈

老田听到这一消息，像一个穿孔的皮球，全身一下子酥软下来，一屁股坐在地上，对着老天发呆，自言自语地说：“老天爷，您怎么这样对我们不公平啊！我们跑了1000多里，为什么只有600米了不让我们去？我已年过古稀，黄土埋到脖子上，不知下次还能来得了吗？”

正当此时，猛然从公路上传来一阵又一阵的喊叫声：“要上2号墓区的同志，请上面包车！”坐在上甘岭烈士陵园一土堆上发呆的他，听到这个消息，像打了一针强心针的病人，一下子从土堆上站起来，拖着老伴，三步并作二步，朝喊叫声的方向跑去。快接近面包车，发现是他们湖南邵阳烈士后代黄远球也在那里叫喊。小黄30岁出头，大家叫他“球球”。小黄的舅公彭成规是一名志愿军烈士，1950年参加中国人民志愿军，在39军117师349团任文化教员，1953年3月在朝鲜牺牲。为了寻找舅公墓地他报名参团。九峰里志愿军烈士陵园，小黄没有找到舅公墓地，把最后一线希望寄托在上甘岭2号墓区。小黄对那位开面包车的师傅说：

“兄弟，我们从国内跑了1000多里路来到上甘岭烈士陵园，现离2号墓区只有600米，望老兄高抬贵手送我们一程，有可能到那里找到我舅公墓地。”

还有一位叫杜粮存的北京帅哥，从北京出发前就知道他的大爷杜月朝就葬在2号墓区，小杜与黄远球一唱一和，坚决要求去2号墓区。他俩诚恳的请求打动了开面包车的师傅，很快答应送他们去。

老田和老伴上车时，面包车上已坐6个人，看见他俩年纪较大，主动给他们让座。600米不足1公里，面包车开了几分钟停下来了。师傅下车后用手指着左手边那几丘稻田说：“前面100米处就是2号墓区。”

此时已是下午 7 点钟了，天完全黑下来了，伸手不见五指。几位年轻帅哥，像游河的鸭子，消失在夜空下的稻田里。兴华拖着老伴，打着小黄瓜那么粗的小手电，深一脚浅一脚在稻田里行走。稻田刚收完稻子，稻桩留在稻田里，有 10 厘米长，被雨水淹埋半截，分不清哪里是水，哪里是稻桩。为了寻找到父亲墓地，老两口豁出来了，深一脚浅一脚往前走，七八分钟过了三丘水田，来到 2 号墓区。

2 号墓区在一个小山丘前面一块平地上，占地 3 亩左右，没有牌楼，没有纪念亭，更没有英名墙，只有 15 座合葬墓，分成前后三排，每排 5 座，墓坟坐西朝东，望着祖国。他们来时，只见陵墓中手机电光像萤火虫似的墓前闪烁，老田估计是那些捷足先登的几位小帅哥。

兴华和老伴商量，从右边第一个墓找起，从前到后，再从后至前挨个找。这时，大地没有一点光，他们只能借助小手电光照射墓碑，辨认烈士名单。碑上十几个烈士名字因年代久远，风化得厉害，根本看不清，加上手电光反射，照的照片，只有中间显示二至三个烈士名字，周围一片黑，但他们还是拍完了每个墓碑。还发现 2 号合葬墓没有九峰里志愿军烈士陵园合葬墓大，合葬墓内安葬的烈士没有九峰里多，碑最后落款处有“等 200 多人”，有的“等 300 多人”。20 分钟左右，15 座合葬墓碑基本上查看完毕，兴华没能找到父亲田全仁的名字。

正当他们准备离开时，老伴说：“看，左边 5 号墓前有火光，我们过去看看。”顺着亮光走到 1 排 5 号墓前，只见祭台上摆满了酒、烟、糕点、水果等祭品。墓旁边还摆着一口大皮箱。正在燃烧的香纸火焰把墓碑照得像白天一般。走近一看，是他们团北京籍烈士后代年轻帅哥杜粮存同志。小杜从北京背来一大箱祭品，在 1 排 5 号墓祭拜大爷杜月朝的方式与众不同。小杜在他大爷合葬墓上插了一面中国国旗，墓碑前摆放两个镜框，一个镜框嵌有他大爷的遗像，另一个镜框内嵌有一张有他大爷安葬地的说明书。说明书是一张打印的表格。在征得小杜同意之后，老田拿起那个镜框，用手电一照，平康郡中国人民志愿军烈士陵园名单（8）十几个字清楚可见。表格上还画有横竖若干方格，第一行横表格内容分别有朝文姓名、中文姓名、安葬地、墓号、部队番号、备考 7 个方面内容。再往下看有 24 军 74 师 23 位烈士姓名，第一个安葬烈士名单就是杜月朝，安葬地平康郡下松里，墓号为 5 号，部队番号为 24 军 74 师 220 团，但老田再往下看，23 个烈士名单没有发现田全仁的名字。

田兴华寻找英烈父亲的名字，孜孜以求

老田不好意思询问此表格来历，但他认为该表格前后一定还有同类型的表格，不知保存在朝方的哪个部门。但他可以确定 2 号墓区一定安葬有很多 24 军 74 师牺牲的志愿军烈士。于是，他和老伴商量决定在杜月朝的合葬墓上取两包土和一些草，装进两个小布袋里。他想土是埋父亲遗骸的，草是父亲长的头发，他一边用手指挖土，一边哭喊："爸爸，我来接您回家！"当取完土之后，对面公路上又传来一阵阵叫喊声："2 号墓区的同志们，请赶快回来，车子马上就要出发了。"这时，兴华只好把杜月朝合葬墓的土和草根放进背袋里，依依不舍地离开 2 号墓区。

第五章　告慰英魂

一　举行庄重的“田全仁烈士魂归故里祭奠会”

2018年11月3日，兴华老两口带着一钵从朝鲜父亲合葬墓地取到的土粒，返回祖国丹东。他俩在朝鲜江东、九峰里、上甘岭志愿军烈士陵园的墓碑和英名墙上，均未找到父亲田全仁的名字。在回国的火车上，听同行的团员们议论，沈阳烈士陵园英名墙上，志愿军牺牲烈士名单比较齐全，老两口未等安顿下来，又马不停蹄转乘火车到了沈阳。第二天上午，在沈阳烈士陵园英名墙第18块墓碑上，居然找到了父亲田全仁烈士的名字，老两口非常激动，在父亲名字下拍了照，进行了简单的祭奠活动，于11月6日下午返回长沙。

回顾60多年前，兴华的父亲在部队以一种大无畏的气魄跨过鸭绿江，抗击美帝国主义。在奔赴异国他乡的时刻，他和战友们其实都知道自己可能从此不会再踏上返回祖国的故土，但依旧义无反顾，雄赳赳气昂昂地跨过鸭绿江，和朝鲜人民一起浴血奋战，最后把忠骨留在异国他乡。

时过60多年之后，田全仁烈士的儿子兴华怀着家国情怀，千辛万苦寻父，并从朝鲜安葬父亲的合葬墓取回一抔土，带回长沙。

回家那天晚上，兴华怎么也睡不着，不停地思考着用什么形式，将取自父亲安葬地的这抔土与母亲合葬，让父亲魂归故里，让父母两人九泉之下团聚。当时，有人劝兴华回村到锦岩塔下寺庙里，请几个高僧做一个体面的道场，将来自父亲安葬地的土下葬到母亲坟墓里。也有人劝兴华在村里山坡上选址，为父亲单独建一个墓，立一块显眼的纪念碑，刻上“中国人民志愿军烈士田全仁之墓”。到底用哪种形式祭奠父亲的英灵呢？这时，兴华老人想起了1961年爷爷临终前说的那段话：“孙子，你父亲是十二月二十三日出生的，你长大以后，如果有机会到朝鲜，找到你父亲的墓地，你要取回一抔土带回家，与你娘合葬，让你父亲叶落归根，夫妻团聚。”如今，他和老伴取回了父亲墓地的土，决定听爷爷的指教，仿效从韩国运抵回国的第5批志愿军烈士遗骸安葬沈阳的形式，在家乡锦岩村举行一个较为隆重庄严的仪式，把父亲安葬地的那抔土切实处置好。

2018年11月3日，田兴华夫妇在沈阳志愿军烈士陵园英名墙上找到了父亲田全仁的名字

为了取得当地政府有关部门的支持，兴华回到长沙后，首先向湖南省退役军人事务厅打报告，题为《在家乡辰溪县辰阳镇锦岩村举行“田全仁烈士魂归故里祭奠会”的报告》，于12月10日送到该厅在河西的临时办公处。该厅一位领导热情接待了兴华，认为他的报告是一个红色传承的具体行动，应该大力支持。但由于该厅刚刚组建，人员紧张，不能派人参加该活动，但那位领导还是给兴华老人开了绿灯：第一，以省退役军人事务厅名义给辰溪县民政局打电话（当时县退役军人局还未成立），要县民政局全力配合支持兴华的父亲“田全仁烈士魂归故里祭奠会”活动。第二，亲自打电话与湖南电视台、《三湘都市报》等省内有关媒体联系，请求派员参加上述活动。

12月21日，兴华老两口带着女儿，行车400多公里，提前来到辰溪县城做“祭奠会”的有关筹备工作。次日早上8点钟，兴华带着《关于在锦岩村召开田全仁烈士魂归故里祭奠会的报告》，到辰溪县民政局办公室，向杨局长、罗股长等领导作了汇报。杨局长、罗股长非常重视这一活动，召开专门会议进行研究和布置，并作出三项决定：一是省内外所有参加“田全仁烈士魂归故里祭奠会”的新闻媒体的记者食宿，由县民政局承担和安排。二是派一名局领导和罗股长于23日上午亲临现场参加会议，并以县民政局和县烈士陵园名义，向回归故里的田全仁烈士赠送两个花圈。三是对兴华提出祭奠会仪式上奏唱《中华人民共和国国歌》的请求，由县民政局派罗股长当天专程到长沙向有关部门请示汇报。

12月23日上午8点钟，兴华老两口和女儿早早出发，来到母亲安葬地辰阳镇锦岩村乱岩科坡下，只见兴华的三位堂弟和亲戚已经到场，忙得不亦乐乎。有的在坟前清理杂草，打扫卫生，有的在砍竹子，挂横幅，搭建“祭奠会”主席台，还有的跑到县城购买花圈和祭品。兴华的三位堂弟说，等“大伯回家”苦苦等了65年，觉得时间太久太久了。兴华的大堂弟田佑兴深有感触地说：辰溪县人民政府、辰阳镇人民政府、锦岩村委会以及全体村民对“田全仁烈士魂归故里祭奠会”活动非常重视，大弟决心为参加今天活动的县镇村领导新闻记者以及到会的父老乡亲做一顿好吃的中餐，为“大伯回家”作点贡献。

“田全仁烈士魂归故里祭奠会”，在锦岩村乱岩科举行。此地山不太高，海拔400米左右，位于锦岩村东边，坐北朝南，山上乱石很多，排列杂乱，故得名“乱岩科”，田氏族谱上均有记载。乱岩科山坡下有3座坟，兴华老人母亲孙宝珍的坟居中间。10多年前，兴华为尽孝，早已经为母亲垒坟立碑；立碑时，已把父亲田全仁的名字刻在母亲的墓碑上。再加上每年清明节回村修缮护理，使母亲坟墓高厚雄伟，别有特色，格外醒目。兴华的母亲坟前有一丘收割后的稻田，田里无水，该稻田是大堂弟田佑兴的责任田，是举行“祭奠会”的最佳场所。

2018年12月23日上午，“田全仁烈士魂归故里祭奠会”在湖南省辰溪县辰阳镇锦岩村田兴华母亲孙宝珍墓地举行

“祭奠会”现场，稻田东头，两根削尖的大竹竿把“田全仁烈士魂归故里祭奠会”的横幅高高撑起，周围彩旗飘扬，10多个不同类型大小花圈“一”字形有序整齐摆放在兴华老人母亲坟前。当天上午，虽然天气寒冷，但大家参加祭奠活动的热情没有减退。全村近百名村民胸前佩戴一朵白花，从四面八方来到祭奠会现场。年纪最大的是田全仁烈士儿时好友田全信老人，年纪已满92岁。老人还专门接受湖南电视台记者采访，向记者介绍少年时代田全仁的生平经历。县民政局、辰阳镇、村委会等10多名领导站立在会场队伍最前面，其他参会人员整齐有序站立在稻田里。

田兴华把从朝鲜父亲陵园墓地取回的那抔土撒在母亲坟上

上午10时许，当辰阳镇人大主任余学杰宣布“田全仁烈士魂归故里祭奠会”开始，音响里传出一阵阵庄严的《中华人民共和国国歌》声。接着，余主任宣布祭奠会第2项仪式，向田全仁烈士默哀。紧接着宣布第2项议程，田全仁烈士儿子田兴华宣读祭文。兴华在祭文中，首先向大家介绍几十年万里寻父的经过，然后面带激情地说："敬爱的父亲，您用生命保卫了朝鲜国土，捍卫了祖国的尊严，烈士英雄，永垂不朽。如今，您和母亲终于团聚，这是母亲和我最大的心愿。母亲听见了？看见了……"兴华老人念读完祭文之后，把朝鲜带回来的那抔土撒在母亲坟上，而后拿着三炷香在父母坟前拜了一遍又一遍，哽咽和流泪。兴华宣读祭文之后，村党支部熊书记作了发言。"祭奠会"结束时，以村委会名义在稻田坎上放了3000多元鞭炮和礼炮，场面非常庄重和热闹，是有村史以来少有的。

参加这次"田全仁烈士魂归故里祭奠会"的，有湖南电视台都市频道三名《寻情记》栏目记者，有《三湘都市报》1名记者，还有田全仁烈士当年战斗过的江苏电视台1名记者和福建《闽侯乡音》报2名记者，他们分别从长沙、南京、福州来到"祭奠会"现场。后来，这些记者从不同角度报道了这次祭奠活动。

2019年2月7日，湖南都市频道《寻情记》栏目，以"跨过鸭绿江70年后父子团聚"为题作了专题报道，时间长达40分钟，在全国反响很大，有980万观众作了点赞和发表留言。

二　请专家画像，让父亲"活"起来

在田兴华老人家客厅里，悬挂着一幅高40厘米、宽25厘米的中国人民志愿军战士的画像，格外引人注目。画像中那位战士30岁出头，英俊帅气，一顶没有帽徽的黄色军帽端端正正戴在头上，上身着一件泥黄色志愿军夏装上衣，左胸前别一块比火柴盒稍大一点的中国人民志愿军标志。画像中的战士，国字脸，下巴略尖，眉目清秀，眼睛神气发亮，嘴巴略带微笑，一根中指宽的手枪皮带从左肩跨过落在右髋骨上。到过兴华老人家里做客的朋友对这幅画像赞不绝口。这幅画像就是兴华老人的父亲田全仁烈士。提起这幅画像的来历，还有一段曲折动人的故事。

2008 年，兴华老人退休之后，非常想念父亲，想看看父亲的遗容，四处打听，多方寻找，想寻找到一张父亲当年的照片。老人先后找过解放军档案馆，父亲所在的老部队档案室，四下福州，找过 30 多位父亲当年的战友，都落了空。

2020 年 6 月上旬的一天，兴华老人突然接到省电力公司一位叫皮腊生的朋友打来电话，告诉他山东公安厅有一位“神笔警探”，叫林宇辉，是退休警官，他要在中国共产党建党 100 周年来临之际，免费为全国 100 位烈士画像，并邀请兴华老人一起去山东济南看看。

皮腊生老人像兴华老人一样，也当过兵。皮腊生老人老家住湖南沅江市，他是 4 岁父子离别，且弟弟未见过父亲的面。1951 年 9 月，父亲皮菊秋瞒着家人报名参加了中国人民志愿军，奔赴抗美援朝战场，在志愿军 36 军 106 师 316 团 3 营 9 连任战士。1951 年 10 月，在参加朝鲜价川机场抢修时，被敌人一架轰炸机投的一颗炸

中国人民志愿军田全仁烈士画像
（神笔警探林宇辉画）

弹击中牺牲。皮菊秋牺牲前，也没有给儿子留下一张照片。这几年，皮腊生老人到处打听，想为父亲画一张像。2020 年 5 月，一位志愿军寻亲团的朋友告诉皮腊生老人，“神笔警探”林宇辉要在建党 100 周年之际免费为 100 名烈士画像，好心的皮腊生老人把这一消息也转告了兴华老人，并邀请他一同前去。

兴华老人电话中听说林警官“免费”为烈士画像，心里马上打退堂鼓了。“天下没有免费的午餐”。2015 年夏天，一个广东电讯诈骗犯诈骗了他 2.1 万元养老金的事又浮现在他的脑海。老人“一朝被蛇咬，十年怕井绳”。他在电话中对皮腊生老人说：“老皮，我现在家里有点急事，您先到山东公安厅看看，看到底是真的免费，还是假的免费。”

皮腊生老人说服不了兴华老人，于 2020 年 7 月 7 日那天，一个人来到山东济南林宇辉家里。7 月 8 日林警官真的免费为皮腊生父亲皮菊秋画了一幅像，皮老于 7 月 9 日带着画像回到长沙。皮腊生老人为父亲画像的过程，当天晚上，中央电视台 7 频道和山东电视台齐鲁频道分别进行了专题报道。回到长沙市后的皮腊生老人，第二天上午又马不停蹄来到省委大院，把父亲皮菊秋画像和中央电视台七频道、山东电视台齐鲁频道的报道分享给兴华老人。

俗话说“耳听为虚，眼见为实”。兴华老人看见这一切，再也坐不住了，他向皮老详细打听到山东济南画像经过，并向皮腊生老人要了林警官和夫人侯庆英的电话号码，马上与林警官夫人侯庆英女士互加了微信。侯庆英女士要兴华老人尽快把父亲田全仁的烈士证、立功证、立功喜报、纪念章、立功章以及自己当兵时照片和两位叔叔照片挑选一部分，用微信发给她。侯女士还约兴华老两口当月 11 日赶到山东济南，13 日上午为他父亲画像。

兴华老人认为为父亲画像，是他一生最大的喜事，宜早不宜迟。7 月 11 日，老两口购买了长沙至济南的高铁火车票，带着林警官画像需要的照片资料，于当天下午 5 点到达济南。

第二天早上 8 点半，兴华老两口按照与侯女士的事先约定，准时来到林警官的住所。林警官的家客厅比较大，有 30—40 平方米，周围墙壁上挂有 30 幅已画好的烈士画像，走进大厅给他们一种肃然起敬的感觉。大厅有一张长方形的木桌，木桌上面摆放着没有成像的草图。3 名山东电视台齐鲁频道摄像记者早已来到大厅，在大厅右角架起一台摄像机等候摄像。大厅正前方，还有一间玻璃隔着约 20 平方米的专用画室，一张长方形的木桌上摆放着一些白色画纸，小碗粗的笔筒里挤满了各种式样的画笔。画桌中央坐着一位个子高大，头发乌黑，着一套黑色便装的 60 岁上下的男子，那男子正在低着头聚精会神修改一幅画像。兴华老人估计那人就是国际著名模拟画像专家，山东省公安厅退休警官林宇辉。据有关资料记载，林警官画过 8 万张头像，破获重大案件 300 余起。2016 年，顺利登上了中央电视台《挑战不可能》节目，在全国人民面前展示了模拟画像技术，两次进入荣誉殿堂。2017 年，因赴美访问学者章莹颖失踪一案，林宇辉受邀协助美国联邦调查局进行模拟画像，为破案提供了重要参考。2017 年林宇辉加入国际法庭鉴定协会，成为亚洲画像专家第一人。

兴华老两口一进大厅，林警官立即放下手中的画笔，和夫人侯庆英女士一道上前迎接，让座之后又是泡茶，又是削水果，寒暄几句之后，大家直奔为兴华老人父亲画像主题。兴华老人从一个黑色提袋里拿出林警官画像所需要的父亲烈士证等资料和照片，摆放在一张桌子上，3 位山东电视台齐鲁频道记者急忙上前给这些资料摄像和拍照，并现场采访了兴华老人。

其实，前二天，林宇辉警官根据兴华老人手机微信发来的照片资料，已早勾画了田全仁烈士画像草图，眼下现场再仔细看看兴华老人的五官和脸形，稍加修改就可以了。修改前，林警官对兴华老人说：“田老，我们这次为您父亲画像主要根据您当兵时的照片，参考您两位叔叔照片画成的，您两位叔叔照片很像，只是小叔的照片，由于年代久远，照片比较模糊，但为了画好您父亲的画像，再有困难也要克服，为您牺牲的父亲献出一份特殊的礼物。”说完，林警官从画室里拿出一张白纸画的长 70 厘米、宽 40 厘米人头像送到兴华老人手中，头像下面写着“中国人民志愿军田全仁烈士画像”14 个黑字。林警官要兴华老人提意见再修改。

2021 年 7 月 12 日，山东公安厅退休警官林宇辉为田兴华父亲田全仁烈士画像

兴华老人第一次看见像自己又像两个叔叔的父亲画像，激动不已，泪流满面，他出生以来第一次见到父亲。他对林警官说：“林警官，此画像有点像我两个叔叔，究竟像不像我父亲，我村里有一位 98 岁的老人叫田全文，他是我父亲少年好友，现在身体健康，眼睛很好，解放前同我父亲一起念过 3 年私塾，我想把此

画像用视频传给他老人看看。”于是，兴华老人拨通了小堂弟田兴隆的电话，要兴隆马上到田全文家里，把视频中父亲的画像递给田全文老人看。视频中田全文老人看后说：“丑狗（兴华老人的小名），你父亲的脸好像要宽一点，下巴还要再尖一点。”

于是，林警官根据田全文老人提的意见又进行了一次修改，再次把修改后的画像用视频传给田全文老人看。这时，田全文老人连连点头称赞说“这还差不多，要得了”。林警官从手机视频中看见田全文老人说“要得了”三个字，脸上露出了笑容。

为了感谢林警官为父亲田全仁画像，兴华老人从另一个布袋里取出一块精致的木匾，木匾上方写着“赠神笔林宇辉警官”8个小字，木匾中间写有“寻父七十载，神笔画真容”10个大字，这木匾是兴华老人专门在长沙定做的。这时，山东电视台齐鲁频道三名记者拿着镜头对着兴华老人、林警官和兴华老人赠送的木匾不停地拍摄镜头，而后对兴华老人专门进行了20分钟的专题采访。当天晚上，山东电视台齐鲁频道以“湖南七旬老人来济南为烈士父亲画像”和“重现英雄面孔，让先烈精神永远流传”为题，二次向全国广大观众播出，时间长达近20分钟，全国有9827万观众点赞和留言。后来，山东美术出版社出版的《笔尖下的英雄》画册收录了田全仁烈士画像和文字说明。

2020年7月15日，兴华老两口带着林警官为父亲画的画像回到长沙之后，又找到一家专门修膳画像的照相馆，花了300元钱，对画像重新扫描修改和上色，使画像更加英俊逼真。兴华老人感到还不够，又在该照片馆定做了一个镜框，把父亲的画像刊在镜框里，挂在家中客厅墙壁上。

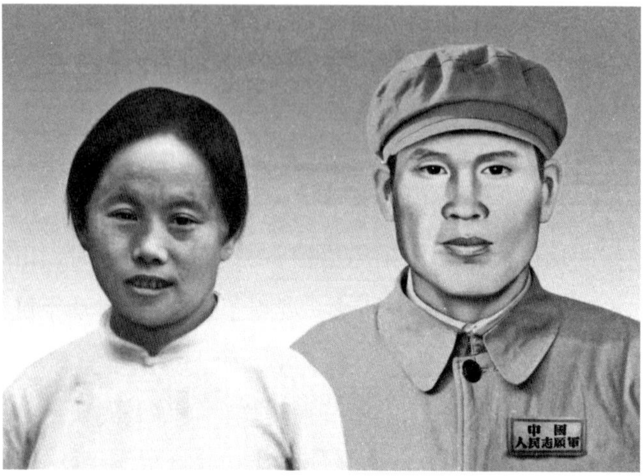

田兴华父母田全仁、孙宝珍玉照

兴华老伴暨家人看到这幅画像，都非常高兴，一致怀着赞美之心深情地说："多年的寻父，终成正果。父亲活现，夫妻同框，父母魂安了。"

三　把英雄父亲光辉形象搬上银幕

2020 年 10 月 25 日，是我国抗美援朝出国作战 70 周年纪念日。为纪念这个伟大而又难忘的日子，怀念为国捐躯的 19 万多名英烈，国家耗巨资，在最短的时间内拍摄了电影《金刚川》和电视连续剧《跨过鸭绿江》，再现了当年中国人民志愿军与美帝国主义为首的联合国军艰苦奋战的场景，把以黄继光、邱少云、孙占云为代表的志愿军英雄形象搬上了银幕。田兴华老人热心观看，留下了不可磨灭的印象。

一寸山河一寸血，一抔热土一抔魂。兴华老人的父亲是10多万志愿军烈士中的一员。2020年初，《金刚川》电影一上映，兴华老人在长沙第一批购票观看。观看中，他知悉影片是以1953年金城反击战为战场背景拍摄的，联想自己父亲就是在那场战役中牺牲的，一边看一边泪如雨下。工作人员震惊，一边给他递餐巾纸擦眼泪，一边劝他不要太伤心，哭坏了眼睛。

从那家电影院出来，兴华老人深深认识到影视形象逼真，感染力强，是一种重要的宣传工具。近些年来，为了宣传英雄父亲的家国情怀，他先后在中央媒体新华社、《解放军报》《中国档案报》以及省级媒体《湖南日报》《三湘都市报》《潇湘晨报》、福建《闽侯乡音》报等媒体刊登过16篇文章，为宣传父亲的英雄形象做了大量工作。但他感到还不够，为不忘初心，教育后代，他暗暗下决心要像《金刚川》电影和《跨过鸭绿江》电视连续剧那样，把父亲的光辉形象搬上银（屏）幕。

2020年4月的一天，兴华老人在长沙某地一家“爱心公益基金会”上，认识了湖南潇湘电影制片厂一位叫杨琴的女编导，主动加了杨编导的微信和电话号码，他准备通过她叩开潇湘电影制片厂的大门。正当兴华老人等待杨编导的回信时，2020年11月16日上午，他的手机突然响了：“喂！您是志愿军烈士田全仁儿子田兴华爷爷吗？我是湖南艺术职业学院电影电视系王视力老师。最近，我们通过志愿军烈士寻亲团负责人曾桃林介绍，知道近几年，您老为寻找志愿军烈士父亲的踪迹和安葬地，先后到过10多个省市，行程1万多公里，最终于2018年10月28日在朝鲜上甘岭烈士陵园2号墓区找到了您父亲的合葬墓，并取了一抔土，把父亲接回家。您的《漫漫寻父路，步步家国情》的事迹非常感人。明年，是中国共产党建党100周年，为不忘初心，传承英烈精神，我们准备以您寻父为题材，拍一个纪录片，向建党100周年献礼，倾听您的意见，不知您最近有时间吗？”王老师担心兴华老人年纪大，听力不好，讲话声音特别大。

王老师突如其来的电话，使兴华老人没有一点思想准备，他正准备找潇湘电影制片厂杨琴编导求助时，王老师打电话主动找上门来，真是“天上掉馅饼”，好事临门。他相信是自己的运气，也可能是父亲在天之灵的助力，同时，他又担心是不是一个诈骗或者圈套。他沉思片刻，认为这是千载难逢的机会，不能放过。于是，他在手机里大声回答：“王老师，我是田兴华，现住省委大院。您什么时候来，我到省委大院南门接您。”语音刚落，兴华老人又在电话中补一句：“王老师，您们来时，最好到您们艺术职业学院开一个介绍信。”他认为这是一箭双雕，既可以防止政治诈骗，又为王老师进省委大门提供方便。

2020年11月16日8点左右，兴华老人按照与王视力老师电话中的约定，早早来到省委南门传达室。10分钟左右，王老师开着一辆白色小车来到南门传达室。下车后，王老师把一张盖有湖南艺术职业学院官方大印的介绍信递给他。兴华老人迎上前去，接过介绍信，并要王老师等4人把身份证给他，在传达室窗口帮办好了进大院的一切手续。在小车上，兴华老人一边与王老师聊天，一边打量着她。王老师是一位女老师，年纪不大，30岁出头，小脸蛋，蓄一头乌黑齐耳的短发，说话轻声细语，和蔼可亲，平易近人，走起路来，有一阵风的感觉。在车上一位同车学生告诉他说：“我们王老师毕业于天津师范大学，现是我们学院的精英，台柱子，三级导演，是我们学院影视系新闻与编导教研室主任。”

对于湖南艺术职业学院，兴华老人在工作岗位时，略有所知：

该学院是1951年由湖南省人民政府批准创办的，由省文化厅管辖。2002年，湖南艺术学校与湖南电影学校合并为湖南艺术职业学院，有28个专业，专任教师279人，在校学生7000多人，是湖南省一流职业学院。

从省委大门到兴华老人家里有2华里路程，车上，兴华老人与王老师谈得很投机，不知不觉来到兴华老人家楼下。老人住在6楼，有100个台阶，王老师看见老人年纪大，爬楼吃力，叫一名学生扶着他上楼。走进兴华老人家之后，王老师对他说："田爷爷，我们这次来您家，两个任务，一是给您父亲田全仁烈士遗物和您个人的有关照片、资料扫描拍照；二是为后面学院拍摄组打前站选地方。"

王老师来到兴华老人家之后，叫他把保存几十年的父亲革命烈士证、立功证、立功喜报和4枚纪念章、立功章，以及他自己从小学时代到参军后的部分照片拿出来，一一扫描和拍照。在查看兴华老人书房时，王老师意外地发现"新大陆"，兴华老人正在看《温暖的寻找》（即《寻父记》）一书的部分手稿，王老师面带微笑，自言自语地说："我们给田爷爷拍摄的寻找烈士父亲的纪录片就取名为《温暖的寻找》。"跟随她的3名学生听后，一致认为这个片名好。

王老师等4名师生拍完田爷爷父亲的遗物照片和田爷爷本人部分照片之后，围着兴华老人客厅、阳台以及卧室转了好几圈之后，对兴华老人说："田爷爷，您家的客厅好像小一点，我们拍电影，设备器材很多，客厅小了拍摄起来展不开，是否还有比眼下客厅稍大一点的房子？"兴华老人稍停一下，摸摸脑袋说："王老师，我小孩住河西，她那边有一套客厅稍大一点的房子，拍摄那天到河西那边看看。"王老师满口答应，并约定11月21日早上8

点到省委东门接他老两口一起去。

11 月 21 日上午 8 点，王老师开一辆白色小车准时来到省委大院东门接兴华老两口。上车之后，王老师把车上另一位湖南艺术职业学院著名教授、导演张睿介绍给他俩，说：“田爷爷，我们学院领导对您的这部纪录片非常重视，把我们学院重量级人物、专家、影视系副主任张睿老师请来指导这次拍摄。张老师是我们学院创新性人才，由张老师主创和指导过的影视作品在全国各类获奖 100 余次。”这时，张老师主动站起来与兴华老两口握手打招呼。兴华老人从上至下仔细打量一下这位年轻帅气的张老师，30 岁出头，1.7 米以上个子，也平易近人，善谈，是王老师业务上的好搭档。车上，兴华老人与张、王两位老师谈得非常投机。半个小时后，不知不觉车到了兴华小孩家门口。这时一辆白色面包车也停在那里，10 多位学生正在面包车上往下搬运摄像机、照明灯、反光板等拍摄电影所需器材，这些器材足有 20 多台（件），有些器材是兴华老人从来没见过的。

兴华小孩房子客厅比较大，有 30 平方米，张、王两位老师比较满意。张老师发现客厅左前方悬挂着一幅长 50 厘米、宽 30 厘米的炭笔画像，画像用镜框嵌着。张老师估计那幅画像一定是兴华老人的父亲田全仁烈士，吩咐大家打开摄像机、灯光等设备，说：“先拍摄田爷爷的父亲田全仁烈士画像。”张老师语音一落，一位学生取下那幅画像，放在一张桌子上，2 部摄像机从不同角度对准那幅画像，4 台照明灯一齐打开对准那幅画像，2 张反光板不停调节灯光的亮度，10 多名师生按照各自分工，一丝不苟，细致认真地拍摄了约半个小时，用特显镜头把田爷爷父亲画像拍摄完毕。

第一个镜头拍摄完毕之后，又开始拍摄兴华老人口述父亲田全仁烈士的战斗经历和牺牲经过。张老师怕兴华老人叙述不清楚，叫王老师写了200多字台词，要他拍摄前背熟。张老师还要兴华老人换一套崭新的黑色西装，戴一条红色领带，坐在一张太师椅上，叙述那200字的台词。“开始！”张老师一声令下，2部摄像机，4盏照明灯、2块反光板一起对准兴华老人。兴华老人从来没见过这场面，灯光一照，心里一慌，到嘴边的台词又忘记了。张老师马上叫“停！”就这样“停”“开始”……反复10多次，才把那200字的叙述镜头拍摄完毕。

拍电影纪录片是一种艺术，来自生活又高于生活。在拍摄兴华老人用笔书写《温暖的寻找》片名时，张老师要求用钢笔书写，兴华小孩家没有钢笔，只有碳水笔，张老师又要一名学生上街买了一支钢笔。书写时，张老师要求很严，要求兴华老人书写时既要流畅，又要笔尖发出响声。为了写好这5个字，兴华老人先后反复8次，张老师才满意。这时，窗外照明灯光很亮，大家以为是下午太阳光，其实，已是晚上10点半。12月的冬天黑得较早，河西餐馆早已关门，10多名摄制组的师生晚饭也没来得及吃就离开了。兴华老两口非常内疚。

11月26日，张王两位老师带着摄制组来到省委大院，拍摄兴华老人在大院内散步镜头，此时拍摄工作基本结束。在后期制作过程中，张、王两位老师又遇上了烦心事。面对时过境迁的场景如何拍摄，用何种方式反映青年时代田全仁由躲壮丁到加入中国人民解放军参加抗美援朝战争的场面，经反复研究，决定采取动画片形式来反映，效果良好。

11月30日，该片制作和配音剪辑工作基本结束。31日下午3点，湖南艺术职业学院邀请省委宣传部理论处、省文化厅、省教育厅等很多领导来院审查观看该片，大家对《温暖的寻找》这部近20分钟短视频纪录片评价很高，很多人看后感动得哭了。

2021年5月10日至23日，湖南网信办为了宣传三湘大地和人民的新发展、新成就，反映湖南改革开放的伟大成果，开展了“你知道的新湖南——全民都爱短视频大赛活动”，湖南艺术职业学院摄制的《温暖的寻找》等61个短视频参赛，经过网友的热心参与、挑选、投票，结果《温暖的寻找》这部纪录片获得观众投票20798张，名列全省第二。

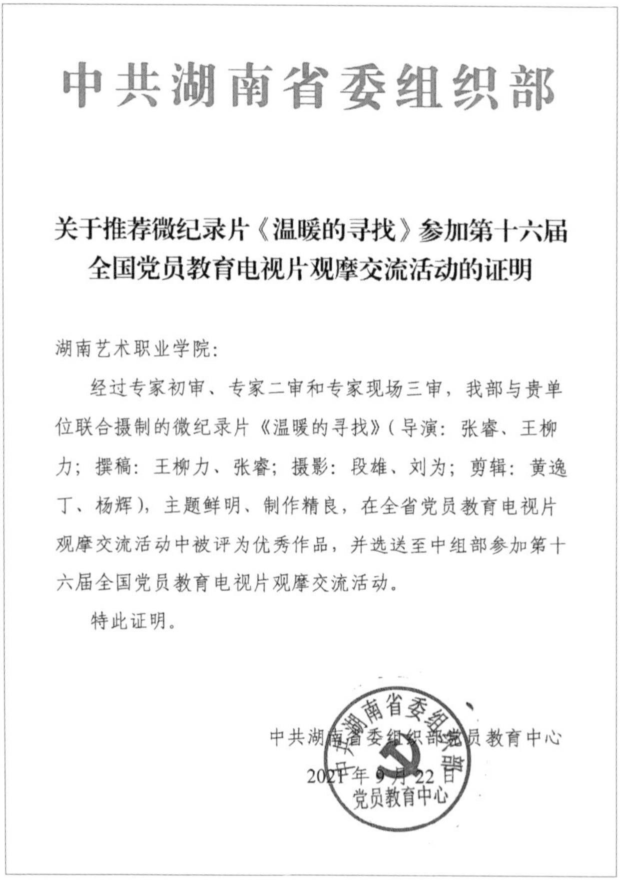
中共湖南省委组织部

关于推荐微纪录片《温暖的寻找》参加第十六届全国党员教育电视片观摩交流活动的证明

湖南艺术职业学院：

经过专家初审、专家二审和专家现场三审，我部与贵单位联合摄制的微纪录片《温暖的寻找》（导演：张睿、王柳力；撰稿：王柳力、张睿；摄影：段雄、刘为；剪辑：黄逸丁、杨辉），主题鲜明、制作精良，在全省党员教育电视片观摩交流活动中被评为优秀作品，并选送至中组部参加第十六届全国党员教育电视片观摩交流活动。

特此证明。

中共湖南省委组织部党员教育中心

2021年9月22日

2021年9月22日，中共湖南省委组织部函告微纪录片《温暖的寻找》被评为优秀作品

2021年8月27日（星期五）上午9点，省委第4办公楼3楼多功能会议室灯光通明，省委组织部党员教育中心正在开展全省党员教育电视片观摩交流活动，对全省各地报送的238部片子进行观摩评选，经过初审、专家二审和专家现场三审，省委组织部与湖南艺术职业学院联合摄制的微纪录片《温暖的寻找》被评为优秀作品，并选送至中组部参加第16届全国党员教育电视片观摩交流。

不久，该片还上了湖南省委组织部党员教育官网和腾讯网，得到了全国成千上万观众点赞和留言，现摘录两小段分享如下：

一位2018年陪同兴华老人朝鲜寻父的志愿军老兵孟宪常这样留言："老田，我非常激动地看完了你多年寻找英雄父亲的纪录片，你的寻找父亲的真情和决不放弃的决心，深深地打动了我，我为近几年您的寻找父亲的成就感到无比高兴，向您祝贺，您的真情感动了上苍，祝您生活愉快，身体健康！"

2021年11月21日，田兴华夫妇在长沙市河西，与湖南艺术学院微纪录片摄制组张睿、王视力等12名师生合影

田兴华老人的战友原湖南岳阳军分区宣传科干事谢正学观看《温暖的寻找》纪录片赋诗一首，献给他。

“老子英雄儿子兵，保家卫国立功勋。出生未见父亲面，到老欲寻骨肉情。踏遍中朝千里路，走访战地百军营。苍天不负遗孤泪，一部奇片血写成。”

附　录：

多种媒体对“寻父”的报道目录

（以发布时间为序）

1.《70岁老人的烈士父亲，到底在哪里？》：中央电视台CCTV1《等着我》栏目2016年6月22日

2.《爸爸，您在哪儿》：福建《闽侯乡音》报2016年9月5日第4版

3.《烈士后代再赴我县寻访父亲当年战友》：福建《闽侯乡音》报2017年7月3日第2版

4.《只要还能动，我就要让父亲“回来”！》：福建《闽侯乡音》报2018年4月6日第4版

5.《漫漫寻父路，步步骨肉情》：《中国档案报》2018年10月19日第1版

6.《父亲，您在哪？有生之年我想找到您》：《三湘都市报》2018年10月25日A05版

7.《“爸爸，你在哪里？》：《解放军报》2018年10月27日第4版

8.《爸爸，你在哪里？》：新华社每日电讯2018年10月27日第2版

9.《合葬墓前捧把土，“爸爸，我来接您回家”》：《三湘都市报》2018年11月5日A05版

10.《爸爸，我来接您回家》：福建《闽侯乡音》报2018年11月9日第3版

11.《烈士英魂回归故里》:《三湘都市报》2018 年 12 月 26 日 A10 版。

12.《英雄回家》:福建《闽侯乡音》报 2018 年 12 月 28 日第 3 版

13.《寻情記:跨过鸭绿江 70 年父子团聚》:湖南电视台都市频道　芒果 TV 2019 年 2 月 7 日报道

14.《烈士遗孤　漫漫寻父之路》:《潇湘晨报》2020 年 6 月 28 日 A08 版

15.《七旬老兵求助林宇辉为父画像》:山东天下泉城 2020 年 7 月 14 日发布

16.《漫漫寻父路,深深家国情——1 位抗美援朝志愿军烈士遗孤寻找父亲的故事》:《湖南日报》2020 年 10 月 1 日 07 版

17.《温暖的寻找》(微纪录片):中共湖南省委组织部、湖南省艺术职业学院 2021 年 6 月联合摄制

主要参考书目

1.《烈焰狂飙——中国人民解放军第 24 军征战纪实》，解放军文艺出版社

2.《江淮骁龙——中国人民解放军第 25 军征战纪实》，解放军文艺出版社 2009 年 3 月第 1 版

3.《张震回忆录》，解放军出版社

4.《从未忘记——“英烈面孔”背后的故事》，山东美术出版社

后 记

我是一名20世纪70年代出生的自由撰稿人，年少便爱好写作。上大学以来，读过一些中外文学名著，写过一些通讯报道，被中央和省级报刊采用过一些稿件，并在湖南省两家公开发行的杂志社当过编辑，但自己总觉得那是“小儿科”。这次独立完成《寻父记》长篇纪实文学的创作，虽然艰辛，但得以面世，自感欣喜。

这部书的书名极其普通，顾名思义即儿女找父亲。可是，书中记述的内容很不一般，父子角色，时空跨越，人文情结，分外地丰富而且生动感人。书中的主人公田兴华真是了不起，从儿时到老年持续地寻觅父亲，从祖国大江南北并赴国外追踪父亲足迹，从若干军史书刊和众多采访中获取父亲生前事迹，从为父亲画像又举行祭奠使英烈魂归故里。更加难能可贵的是，田兴华幼时背负“政府儿”“公家儿”生存，以父为荣激励前行，在英烈后代的光环下励志，成家立业，至担任部队团职军官、转业地方任职及退休，功成名就，家庭美满；而在他寻父的过程中，获得了党和政府的关心，各方的支持，众多人士的协助，社会的亲近与认同。近些年来，我时常耳闻目睹上述情景，深感漫漫寻父路，步步温暖情，便立下决心，要面向社会所有读者群体，以孝心和大爱汇聚心灵的力量，谱写出一曲感人至深的赞歌！于是，我以尊崇英烈、孝老爱亲理念为主题，反复构思，真心实意地分享田兴华寻父的情结、路径和取得的成果，列出写作大纲，坚持笔耕不止，又时常关注本时期内中央、省市各类媒体的相关报道，着力修改完善书稿，用温暖的文字抚慰心灵，终于结出硕果。

俗话说："秀才人情一张纸。"在完成跋涉回首之际，我的感谢话语不期而至。感谢中国文史出版社的领导及责任编辑秦千里老师以及为本书提供资料的朋友。感谢中央、有关省市各大媒体对我的这本处女作《寻父记》的相关报道和关注。感谢鼎力相助的湖南省档案馆编研室庄劲旅主任、湖南省高级人民法院退休的周远位、湖南省著名作家凌辉、福建《闽侯乡音》报总编王立强等。还要感谢为本书出版筹款的长沙市芙蓉区退役军人事务局、辰溪县西庄大西书院负责人刘代全、肆拾玖坊联合创始人李志刚、湖南拍得乐拍卖有限公司创始人李道勇、长沙溪水浴酒店总经理李涛、深圳市龙越慈善基金会等，以及为出书捐款千元以上的朋友滕媛、周福君、孙益秋、欧永忠、唐海文、申丽霞、桂正权、张睿、黄小华、马红、张启堂、王顺良等乡友。为烈士后代而倾囊相助，无私捐款，你们的恩德定当铭记。

读者寄厚望于著作者产出佳品，无奈本人才疏学浅，偏颇失当之处在所难免，诚恳欢迎指正赐教，不胜感谢！

田　芳

2022 年 2 月 14 日于长沙